LES PASSE-MURAILLES
Collection dirigée par
Emmanuelle Dugain-Delacomptée

Imaginez un instant vous promener dans le Paris de Zola, croiser Lucien et ses amis journalistes des *Illusions perdues*, puis vous arrêter le soir à l'auberge du Lion d'Or, à Yonville, où dînent les époux Bovary.

Et si cette jeune femme qui se recoiffe dans *Le Déjeuner sur l'herbe* de Monet s'en allait retrouver l'inconnu de la *Danse à la ville* d'Auguste Renoir, avant de s'enfuir par le train de William Turner, nimbé de brume et de fumée ?

Revisiter les mondes immuables des classiques littéraires, entrer dans des tableaux qui s'animeraient soudain, débattre avec des philosophes disparus, s'égarer dans des films ou séries que rien ne destinait à se rencontrer, ou bien simplement évoquer l'influence de ces œuvres sur nos vies, voici ce que vous proposent « Les Passe-Murailles », à travers des romans ou récits à cheval entre rêve et réalité.

Du même auteur

La Chambre des officiers, Éditions J.-C. Lattès, 1998
Campagne anglaise, Éditions J.-C. Lattès, 2000
Heureux comme Dieu en France, Gallimard, 2002. Prix Terre de France – La Vie, 2002
La Malédiction d'Edgar, Gallimard, 2005
Souss Massa Drâa. L'étoile du Sud marocain (avec les photographies de Thomas Goisque), Gallimard Loisirs, 2005
Une exécution ordinaire, Gallimard, 2007
En bas, les nuages, Flammarion, 2008
L'Insomnie des étoiles, Gallimard, 2010
Avenue des géants, Gallimard, 2012. Prix des lycéennes de *Elle*, 2013
Trilogie de L'Emprise :
L'Emprise, Gallimard, 2014. Prix du Roman-News, 2014
Quinquennat, Gallimard, 2015
Ultime partie, Gallimard, 2016
L'Homme nu. Le livre noir de la révolution numérique, Éditions Plon / Robert Laffont, 2016
Ils vont tuer Robert Kennedy, Gallimard, 2017. Prix Joseph Kessel, prix Esprit libre

Marc Dugain

Intérieur jour

LES PASSE-MURAILLES
Robert Laffont

ISBN 978-2-221-20331-6
Dépôt légal : septembre 2018

Prologue

À l'heure où j'écris ces lignes, nous sommes peu à avoir vu le film *L'Échange des princesses*. Il ne sortira pas en salle avant neuf mois, longue gestation au terme de laquelle il rencontrera le public. Ce film est venu à moi plus que je ne suis venu à lui, comme lorsque j'adapte mes propres livres. Une phrase prononcée par un ami, d'abord, puis que ma femme m'a rapportée, a déclenché un processus de plusieurs années.

J'ai réalisé ce film sans savoir précisément pourquoi il était pour moi et c'est à cette question que j'essaye de répondre dans cet opus, dans une quête qui, loin d'être destinée à célébrer le film lui-même, convoque en moi des souvenirs et des réflexions. Des événements parfois douloureux aussi, tapis dans l'enfance, qui sont à l'origine des bonheurs de la création artistique.

Dans la nouvelle « Une banale histoire » de Tchekhov, le personnage principal, un vieux médecin désabusé, évoque le « Connais-toi toi-même » de Socrate en regrettant que le vieux philosophe n'ait pas donné le mode d'emploi pour y parvenir. L'art est une façon de s'approcher de soi au plus près. Le cinéma en particulier.

Faire un film est une longue aventure, plus de deux ans de sa vie. Condensés finalement sur une heure et demie de pellicule. La sanction du public est toujours redoutée mais moins que l'œil critique que l'on porte sur son propre travail – pour autant qu'on ait la lucidité de le faire. *Melancholia* de Lars von Trier m'a ébloui, et pourtant le réalisateur ne cesse de clamer que c'est de ses films celui qu'il supporte le moins. J'ai écrit moi-même un petit livre que j'aurais volontiers retiré des étagères. C'était mon second roman et il comporte à mon avis tout ce qu'il ne faut pas faire en littérature. Je n'écrirais pas sur *L'Échange des princesses* si je n'avais pas pour ce film une tendresse particulière qui va bien au-delà de toute forme de jugement. Je l'ai réalisé sous hypnose, dans une lévitation presque spirituelle. Je crée beaucoup de fictions, romans, scénarios de film, séries, dans un élan qui ressemble à une fuite du réel, comme s'il me fallait le configurer à ma façon pour me le rendre supportable. Avec toutefois une secrète ambition qu'on pourrait qualifier de politique : remplacer la fiction écrite par ceux qui y ont intérêt par une autre fiction, la mienne, que je pense plus proche de la réalité.

De nombreux talents se sont agrégés pendant plusieurs mois pour me permettre de voir et d'entendre ce dont j'avais rêvé. Un mélange subtil de reconnaissance, de jubilation, de nostalgie me conduit à écrire le souvenir de cette expérience longtemps incertaine, ma « nuit américaine », ces coulisses de tournage dont Truffaut a fait un film magique. C'est le livre de près de deux ans de lutte, d'exigence et de concessions.

L'aventure cinématographique se distingue de la démarche littéraire, solitaire, qui fait s'éloigner des autres pour mieux s'en rapprocher dans l'écriture. Elle est intimement collective et terriblement éphémère. En quelques semaines, des dizaines de spécialistes se réunissent pour constituer une équipe qui frôle parfois les cent personnes. Ces individus cohabitent deux mois avant de s'éparpiller vers d'autres projets. Certains se retrouvent sur de nouveaux tournages, pas tous, des amitiés se créent, de violentes inimitiés aussi parfois, mais quelle magie de voir tous ces acteurs, ces techniciens se tourner vers le même astre qui est le film dans une dévotion insoupçonnable pour celui qui n'a pas vécu au quotidien cette tragi-comédie épuisante et glorifiante.

Un soir, ma femme, en écoutant « Le masque et la plume », cette grande émission de France Inter, entend Jérôme Garcin dire à propos de *L'Échange des princesses* de Chantal Thomas : « Ce livre ferait un film formidable. » C'est sur ces mots venant d'un ami que je considère comme un frère qu'elle m'entreprend et me presse de lire l'ouvrage. Je le lirai mais pas maintenant, j'ai trop à faire avec la série littéraire politique dans laquelle je me suis engagé, sans parler des séries télévisées sur le développement desquelles je travaille. Qu'elle le lise en attendant. C'est ce qu'elle fait. Elle ressort de cette lecture convaincue que c'est un sujet pour moi qui aime tant la grande histoire et les enfants. Mais comme le temps me manque vraiment et que je suis submergé, je coupe court à son insistance, je ne lirai le livre que si les droits sont libres. J'en parle à mon attachée de presse chez Gallimard, Isabelle Saugier, qui connaît depuis longtemps Chantal Thomas. La réponse ne se fait pas attendre, les droits sont encore libres et Chantal Thomas, que je ne connais pas, a la délicatesse d'ajouter qu'elle serait heureuse que je l'adapte. La nouvelle m'arrive le soir. Le lendemain matin j'ai lu le livre.

Je ne rencontrerai Chantal que quelques jours plus tard pour découvrir à quel point c'est une femme libre. Elle s'amuse des préjugés et elle a pour le conditionnement des êtres une tendresse d'autant plus enjouée qu'elle a vaincu cette pression sociale depuis longtemps. Cette extrême liberté se ressent dans son rapport à l'histoire qu'elle explore en chercheuse émérite. Et ce sont ses qualités impressionnantes de romancière qui font sa manière si personnelle de représenter l'histoire, de l'installer dans une perspective singulière où l'imaginaire sert le réel et inversement.

Il serait présomptueux de ma part de dire que j'ai décidé de faire le film. Tout au plus ai-je décidé d'essayer de le faire. J'en ai parlé immédiatement à mes deux associés, Charles Gillibert et Patrick André. *L'Échange des princesses* avait a priori toutes les qualités pour rebuter un producteur dont la mine s'allonge généralement dès qu'on prononce « film d'époque ». Décors coûteux, costumes compliqués. C'est déjà vingt pour cent de budget en plus qu'une épopée contemporaine. Quoi d'autre ? Des cascades, des animaux ? Oui, quelques animaux, mais surtout… des enfants. Des enfants ? Mon Dieu ! Quel âge ? Une petite de huit ans au plus et un garçon de treize. Plus deux adolescents de seize, dix-sept ans. Les enfants sont une tragédie pour les producteurs. Fatigables, ils sont protégés à raison par une législation qui limite leur temps de présence sur un plateau, complexité supplémentaire pour l'élaboration du plan de travail. C'est ce modèle d'optimisation sous contrainte qui décide de la faisabilité d'un film. Mes associés ont-ils soulevé ces points comme tout producteur l'aurait fait ? Non, ils ont simplement décidé de dire oui, sans réserve.

J'ai souvent pris des décisions sans qu'elles se forment au préalable dans mon cortex cérébral, sur une pulsion davantage guidée par l'inconscient que la froide logique. Plusieurs fois, mes proches m'ont demandé pourquoi j'avais fait telle ou telle chose et je leur répondais immanquablement « Je le saurai bien un jour ». Enfant, je me souviens de moi comme d'un velléitaire acharné. J'ai tâté de tous les instruments, de tous les sports, de toutes les ambitions, chaque fois avortées, en particulier lorsque celles-ci me conduisaient à entrer en compétition avec les autres. Se mesurer aux autres ne m'a jamais intéressé. La compétition est partout, dans le travail, dans le sport et même dans l'art, sanctuaire qui devrait en être préservé par essence tant les deux sont antinomiques. Aux États-Unis, elle est à son apogée, moteur d'un système où chacun est encouragé à se définir par rapport aux autres et non par rapport à soi-même pour entretenir la dynamique qui, de l'employé du mois au sportif de haut niveau, confronte les individus les uns aux autres dans une logique de performance. Mon caractère velléitaire a commencé à disparaître dès le moment où j'ai entrepris de n'agir que pour mon propre épanouissement. Il m'a fallu longtemps pour comprendre que je correspondais précisément à la définition de l'hyperactif légèrement maniaco-dépressif, de longues périodes d'enthousiasme créatif succédant à de courtes zones dépressionnaires tout aussi actives. L'échec selon mes propres critères, l'incapacité d'amener un travail, qu'il soit littéraire ou cinématographique, là où j'estime qu'il doit être, me plonge dans une mélancolie qui n'a jamais été jusqu'à la vraie dépression. Je ne m'aime pas assez pour cela. Ma grand-mère avec qui j'ai passé une grande et mémorable partie de mon enfance, cocon de mon ennui, a vécu dans une constante dépression. Elle me disait se fouetter le caractère pour parvenir à supporter les jours.

J'ai observé d'autres grands dépressifs et j'ai remarqué souvent que la permanence de leur état, quand elle ne tient pas à une carence physiologique, vient du refus d'accepter le monde tel qu'il est. Cette imperfection du monde à laquelle se heurte leur propre rigidité les détruit progressivement.

La décision fut donc prise de faire le film, et il est temps pour moi d'éclaircir pourquoi je me suis retrouvé prêt à engager au moins deux ou trois années de mon existence dans ce projet. Car c'est de cela qu'il s'agit.

Louis XV n'aurait jamais été roi si, avant lui, en l'espace de quelques mois, son arrière-grand-père, son grand-père, son père, sa mère et son frère n'avaient pas succombé. La variole, qu'on appelait alors la petite vérole, les a tous décimés, sauf Louis XIV qui meurt de gangrène, laissant à son arrière-petit-fils âgé de cinq ans un royaume ruiné par les guerres, dont la guerre de succession d'Espagne, trône sur lequel le vieux roi a imposé un de ses petit-fils, Philippe V, oncle du futur Louis XV. Un personnage dépressif, qui ne connaît de repos, entre de longues périodes de neurasthénie, que dans la chasse et son assiduité compulsive auprès de sa femme.

Le Régent de France, Philippe d'Orléans, décide de marier le jeune roi à l'infante d'Espagne, la fille de Philippe V, et impose en échange à ce dernier que sa propre fille, Louise-Élisabeth, épouse son fils, Luis, héritier du trône d'Espagne. Cette manœuvre n'est pas du goût du duc de Condé qui n'a qu'une idée, faire échouer l'alliance du côté français alors qu'en

Espagne, la future reine ne dément pas sa réputation et se montre telle qu'en elle-même, illettrée, dépravée. Mais l'échec de son mariage ne tiendra qu'à la mort de son jeune époux, de la variole encore une fois – époux qu'elle avait fini par accepter.

Les épidémies sont au centre de l'Histoire, comme elles sont au centre de notre histoire encore aujourd'hui. Au XVIIIe siècle, la peste et la variole s'invitent régulièrement pour décimer la population. Si elles s'abattent sur les enfants, les adultes ne sont pas épargnés et elles sévissent sans opérer de distinction entre riches oisifs et pauvres laborieux. La recrudescence de ces épidémies a ramené l'état sanitaire de la France du début du XVIIIe siècle au niveau de celui de la fin du Moyen Âge, quand l'espérance de vie ne laissait pas grand espoir de dépasser la trentaine.

Mon père s'était allongé devant un terrier de lapin pour y chasser l'animal avec un furet. Améliorer l'ordinaire de sa famille l'obsédait. Le maigre salaire de ma grand-mère employée au bar du bourg ne couvrait pas les besoins de la famille et, de toute façon, on ne trouvait rien à acheter dans ce coin isolé de landes et de bruyère. L'occupant confisquait tout pour sa propre survie en attendant Godot dans de sinistres blockhaus censés résister aux forces de destruction les plus dévastatrices. De son propre père, il n'avait pas de nouvelles. Embarqué sur le *New York* en juin 1940, celui-ci s'était retrouvé coincé de l'autre côté de l'Atlantique. Il s'était alors engagé spontanément dans la marine américaine, dans le transport de troupes. Les circuits financiers étant coupés entre les États-Unis et la vieille Europe continentale, sa solde ne put jamais parvenir à sa famille. Ma grand-mère fit vivre ses trois enfants en prenant des petits emplois précaires.

Mon père avait aussi posé quelques collets en différents lieux de ce bois qui surplombait son village abrité des vents marins. Chasser au fusil était interdit. Enfreindre la loi, c'était risquer de se trouver confronté à l'occupant, des auxiliaires russes ramenés du front de l'Est par les Allemands et s'enivrant du matin au soir pour oublier la trahison, l'éloignement et la perspective d'être exécutés par Staline à leur retour en URSS quand la guerre finirait enfin.

Chasser au furet n'est pas sans risque. Il arrive que le gibier poussé par le furet déboule et se heurte au visage du chasseur penché pour suivre sa progression. Plus personne ne connaît la chasse au furet aujourd'hui. On se contente de rabattre des animaux affolés vers un arc d'individus avinés en tenue de camouflage recouverts de gilets fluorescents. On ignore si l'animal exécuté mourra de rire, de peur ou de tristesse devant cette esthétique moderne de la bêtise agrippée à ses traditions dénaturées, au nom de la protection de cultures céréalières dévastées par la course aux rendements bien avant de l'être par le gibier.

Cette fois, mon père parvint à s'emparer du lapin, pauvre animal ingénu et tremblotant, mais sa réjouissance fit long feu lorsqu'il réalisa qu'il ne parvenait plus à se relever, pris dans les glaces d'une maladie virale dont il n'allait pas tarder à découvrir qu'il s'agissait de la polio, cette affection qui paralyse progressivement les enfants jusqu'à la mort.

Hospitalisé plusieurs années durant, opéré sans relâche de la moelle épinière aux Enfants malades à Paris jusqu'à ce qu'on lui sauve une jambe sur les deux, c'est alité qu'il poursuivit ses études jusqu'aux classes préparatoires. Il ressortit de l'hôpital deux béquilles sous le bras, « artiste de la faim » handicapé mais volontaire. Volonté qu'il matraquera plus tard à ses enfants. Et qu'il aura transformée au fil des années en manifeste politique contre tous ceux qui lui opposaient la malchance comme facteur de déclassement social. Il n'en était pas moins profondément humaniste.

Adolescent, mon cousin Philippe nous rejoignait pour les vacances. C'était le filleul de ma mère, sa grande confidente. Je le revois avec ses yeux ronds grands ouverts, et riant d'à peu près tout, lui accablé par l'anormalité de sa sœur qu'il chérissait. Violoniste de métier, il était aussi un mécanicien hors pair. Il avait trouvé chez nous le seul lieu où il pouvait aborder son homosexualité sans tabou. Il avait un petit ami et ne faisait pas mystère d'aventures diffuses. Il a été l'un des premiers à mourir du sida alors qu'on savait à peine nommer cette maladie.

La polio de mon père, la tragédie de Philippe ont certainement joué dans mon intérêt pour ce personnage de Louis XV, sonné par cette épidémie de variole qui l'a fait orphelin.

Précarité, fragilité de l'existence à une époque où l'on meurt sans cesse, à tout âge, fragilité de ces enfants manipulés par des adultes à qui le système monarchique interdit de quitter l'enfance, et qui s'y maintiennent par une perversité sans frein... Les premières années de Louis XV ressemblent à celles d'un rejeton rescapé d'une famille décimée dans les camps, la maladie se substituant à la cruauté humaine. Mais le résultat est le même, il est orphelin, sans parents ni frères, en charge d'un royaume dont il a hérité par le seul jeu d'une succession de décès. Non seulement on lui impose de se marier pour des raisons politiques, mais on le prive à onze ans de sa mère de substitution, Mme de Ventadour, pour l'« affecter » à cette infante, ce bébé qu'on l'a contraint à épouser. Dès lors, le jeune roi hésite entre son attachement pour cette petite fille qui, en d'autres circonstances, aurait pu être une aubaine affective, et une cruauté qui va jusqu'à le faire espérer qu'elle meure d'une forte fièvre qu'elle a contractée.

Les princesses comme la petite infante sont élevées comme de la viande à marier pour perpétuer les dynasties iniques qui dirigent l'Europe en la ruinant. Chez les frères Goncourt, on peut lire le récit du processus de sélection qui désigna celle qui succéda à Marie-Anne Victoire, une fois celle-ci répudiée. Âge, fécondité, religion, intérêt géopolitique sont les critères discriminants. Un nom apparaît alors, et c'est celui d'une adolescente polonaise plus âgée que Louis XV. On ne fait pas la même erreur deux fois. Louise-Élisabeth, toute princesse de sang qu'elle était, n'a jamais été invitée à ce bal virtuel des prétendantes, sans doute parce qu'elle était par trop ignare, brouillonne et indisciplinée. Cette fille délaissée par Philippe d'Orléans, qui savait à peine lire, à laquelle on ne s'était pas donné la peine d'apprendre les bonnes manières, fut exilée dans une cour de bigots pour épouser un jeune prince maladroit écrasé par un père neurasthénique aux volontés et aux affections désordonnées.

Le film porte aussi sur la naissance d'un roi qui n'est pas le plus grand que l'histoire de France ait connu. Un roi mélancolique, hésitant sur sa sexualité jusqu'à l'âge adulte où il la vit comme une obsession, multipliant conquêtes et maîtresses, hésitant sur ses attachements. Un roi touchant par son extrême solitude, lui qui occupe une fonction qui n'en permet aucune.

Comment la monarchie a-t-elle pu exploiter, ruiner à ce point le peuple travailleur, et parvenir à une oisiveté si médiocre, un tel ennui, dans lesquels elle se maintenait de droit divin ? La question est contemporaine, c'est celle qui concerne cette frange avide de notre société qui pratique la richesse comme une névrose compulsive.

Il n'y a pas si longtemps, j'ai croisé dans mon village en Dordogne un couple d'Américains sans enfants qui venait d'acquérir un vaste château pour y loger un millier de chats qu'ils avaient fait venir de New York par avion spécialement affrété. La vacuité de ce couple sans âge à la peau tirée m'a immédiatement fait penser aux personnages du film, à cette aristocratie finissante dévastée par la consanguinité et la variole.

Louis XIV, inspiration de nos présidents de la République, a poussé la monarchie à l'extrême, la condamnant, une fois mort, à un déclin irréversible. Le personnage de Louis XV est aussi intéressant par la prise de conscience de ce que l'apprentissage du pouvoir absolu implique de privation de liberté. Ce qu'il dit par deux fois : « Sans toutes ces morts, je n'aurais été que petit-fils de roi, fils de roi, ou frère de roi et mon enfance aurait été la mienne. » J'ai coupé une scène, la jugeant trop mélancolique, où le roi, la veille de son couronnement, confessait à son ancienne gouvernante : « On ne me fait roi que pour me faire obéir. »

Mariés dans leur toute petite enfance, les princes et les princesses sont arrachés à leurs parents et la première de leurs préoccupations quand ils parviennent dans leur nouveau pays est d'élire un ou plusieurs parents de substitution. C'est ce que fait la petite infante. Lui avoir attribué la mère de substitution du roi, Mme de Ventadour, comme gouvernante, condamnait l'union à l'échec, car le jeune roi orphelin, déjà poussé par Condé à répudier l'infante pour accélérer sa descendance, n'aura pas supporté que cet amour maternel soit détourné de lui au profit de cette petite fille étrangère. Ventadour essaye de rassurer le jeune roi en lui rappelant ses devoirs : « Si pour un roi l'œuvre est facultative, la descendance est obligatoire. »

Tout le contraire de ce qu'on demande à un artiste. En cela je me sens plus proche du roi que de l'artiste. Même si en réalité la question n'est pas tant celle de la descendance que celle du passage. J'ai toujours considéré que je devais à mes morts de se prolonger en moi, en espérant passer à mes enfants ce qui en faisait des personnages qui ne méritent pas la cruauté de l'oubli. L'idée de survivre par mon « œuvre », pour autant qu'il y en ait une possible, n'a jamais été mon ambition, au contraire de perpétuer l'être de mes parents dans celui de mes quatre enfants, d'autant qu'aucun d'entre eux n'a connu mon père, disparu prématurément.

Parvenu à l'adolescence, je me suis confronté à lui. C'était pour moi une question de vie ou de mort, il en allait de l'affirmation de ma propre personnalité. Rebellions, fugues, je suis entré en résistance, puis le temps de la réconciliation est venu naturellement puisque mon seul problème était d'être à la hauteur de son exemple. Je crois à l'âme, qui est sans doute le vocable le plus indéfinissable de la langue, et je l'imagine bien passer de l'un à l'autre plutôt que de s'égarer dans de douteux paradis ou enfers.

Mon arrière-grand-mère paternelle était célèbre dans notre famille pour deux phrases. La première, je l'ai mise dans la bouche du jeune Louis XV quand il prend définitivement l'ascendant sur l'horrible Condé en lui lançant lors d'une soirée au Grand Trianon : « Monsieur le duc, vous devriez méditer cet adage : ce n'est pas parce qu'on n'a rien à dire qu'on doit nécessairement le faire savoir. » Adage dont bien des politiciens et des médias devraient s'inspirer. La seconde, elle l'a prononcée en haut des marches de l'escalier qui la menait à sa chambre alors qu'elle allait sur ses quatre-vingt-dix-sept ans et qu'elle était en pleine forme : « Je vais m'endormir vivante mais j'ai bien peur de me réveiller morte. » C'est ce qu'il advint. On la retrouva sans vie mais radieuse le lendemain matin. Elle avait une façon de s'exprimer que je retrouve chez mon dernier fils, celui qui joue dans la première scène le rôle de Louis XV.

L'avoir choisi pour ouvrir le film n'est pas la manifestation d'une forme de népotisme mais, s'agissant d'enfant en bas âge, je ne m'imaginais pas tourner la scène sous l'œil soucieux de parents inquiets pour leur progéniture. L'héritier du trône est encore tout jeune lorsque la variole décime successivement son arrière-grand-père, le grand dauphin, puis sa mère la dauphine, qui a trente ans à peine. Dans la même semaine, son père, le dauphin, dont il est dit qu'il aurait fait un grand roi, ne survit pas à la disparition de sa femme qu'il vénérait. Leur fils aîné décède ensuite à l'âge de cinq ans. Il ne reste de la descendance du monarque absolu qu'un enfant, lui aussi malade. Le génie de sa gouvernante, Mme de Ventadour, est d'interdire sa chambre aux docteurs. Elle a compris qu'ils ne sont eux-mêmes, par leur incurie et leur ignorance, que l'antichambre du sépulcre. Louis XV doit à la vigilance de cette femme qu'il appelait « maman » de ne pas avoir suivi au tombeau son frère et ses parents. Il a trois ans. Dans deux ans, il succédera à son arrière-grand-père Louis XIV, qui meurt en grande pompe, dévasté par la gangrène à soixante-dix-sept ans.

Ils sont arrivés la veille de Bruxelles. La scène se tourne à Belœil, un magnifique château édifié par les princes de Ligne, non loin de la frontière française, un des décors phare du film, celui où l'équipe s'est installée le plus longtemps. Tout le monde a passé la nuit dans l'hôtel habituel à Péruwelz, une petite ville postindustrielle mystérieuse que j'arpente tous les matins à la lueur de l'éclairage public. Parfois je m'enfonce à petites foulées dans un parc public ou j'emprunte un chemin qui suit des prés, lesquels constituent l'immédiat entourage de la ville avant qu'elle ne s'éteigne dans de grandes étendues de champs de pommes de terre. Le soir, quand on revient du tournage, on distingue les gyrophares des gigantesques tracteurs qui ratissent la terre, tirant d'impressionnantes remorques destinées à l'usine à frites récemment rachetée par les Américains du groupe McCain. C'est leur accent qu'on entend résonner, à l'heure du dîner, dans les quelques restaurants avoisinants.

Je cours tous les matins avant de tourner. Vers cinq heures et demie, la ville dort et le peu de fois où je l'ai arpentée de jour, je n'ai pas eu le sentiment qu'elle était beaucoup plus réveillée. Je cours depuis mon enfance, pour venger mon père dont les jambes ont été anéanties par la polio. De multiples opérations de la moelle épinière ont sauvé ce qui pouvait l'être, mais n'ont pu préserver la totalité de sa mobilité. Ce besoin de courir correspond à une sorte de réflexe compulsif que j'ai développé à l'adolescence où j'avalais dans mes foulées jusqu'à 150 kilomètres par semaine. Cette obsession a succédé à une autre, beaucoup plus ancienne. Depuis que la conscience m'a laissé des souvenirs, je n'ai pas pu passer devant un miroir sans chercher mon reflet. Quand il m'arrivait de croiser une porte vitrée, je la faisais bouger pour voir les déformations successives de mon visage. Je ne passais en tout cas pas une journée sans m'assurer que mon visage était toujours là, symétrique.

À la sortie du livre *La Chambre des officiers*, je tournais dans les collèges pour des rencontres avec les adolescents. Je me souviens d'un jour où une jeune fille m'a demandé pourquoi il fallait encore parler de ces drames qui étaient derrière nous. Une autre jeune fille s'est alors levée et avec un accent visiblement venu de l'Est, elle a raconté l'histoire de son frère défiguré pendant la guerre en Croatie qu'elle avait fuie avec sa famille. D'un seul coup, le récit que je leur avais fait prenait tout son sens. Plus près de nous, Philippe Lançon, journaliste, a survécu aux attentats de *Charlie Hebdo*. Ce brillant critique littéraire en est sorti défiguré. Je ne le connais pas personnellement mais j'ai souvent une pensée pour lui, sachant qu'il vit exactement le même parcours que mon grand-père un siècle plus tôt.

Le temps passe, mais il reste des questions. Pourquoi mon père m'emmenait-il avec lui, le samedi matin, rendre visite à M. Suquet ? Cet ami, physicien comme lui, était atteint de la même maladie mais en beaucoup plus grave puisque le pauvre homme ne semblait plus disposer que d'une seule mobilité, celle de ses cordes vocales, même faibles, dont le tremblement restituait un son de synthèse à travers un amplificateur, alors que le reste de son corps rétréci par la paralysie reposait sur un lit médicalisé dans le salon de son appartement familial. Il était situé au dernier étage d'un immeuble qui donnait sur le parc où j'ai commencé à courir. Sans doute mon père voulait-il me montrer que d'autres vivaient un calvaire plus dur que le sien. Mais les visites répétées à ce monsieur ressemblaient à l'hommage qu'on rend sur la tombe d'un être aimé et respecté. Tombe où se consume une petite flamme prête à s'éteindre à la première bourrasque. Voulait-il me signifier qu'il en était ainsi de la vie ?

L'être humain est régulièrement tenté d'utiliser la mort pour donner un sens à sa vie. C'est ce qui nous distingue le plus radicalement des animaux.

Que ce soit par le sacrifice de sa propre existence ou par le fait de donner la mort, le terroriste cherche à anéantir la vie. Incapable de donner du sens à la sienne, il le fait payer à ses victimes, au nom d'une hypothétique gloire dans l'au-delà, et d'une petite postérité dans la société des faibles d'esprit convaincus que le royaume de Dieu leur appartient.

Le financement du film, sa préparation, son tournage, sa postproduction se sont déroulés sur une période qui restera dans notre histoire comme celle de l'avènement du terrorisme islamiste.

J'y avais déjà été confronté en 2003, avec une explosion à Casablanca en bas de chez moi, dans un restaurant où j'avais mes habitudes. Un départ impromptu pour l'Angola a fait que je n'étais pas parmi les quarante victimes. Un homme issu du quartier défavorisé de Sidi Moumen s'est fait exploser dans le Positano, avec autant de facilité que les clients plus aisés s'y étaient attablés.

Le fils d'un de mes amis n'a pas eu la même chance, il est tombé au tout début du massacre du Bataclan, d'une balle dans le ventre. Maxime Bouffard avait vingt et un ans et voulait être réalisateur. Un faible d'esprit a mis fin à ses rêves. J'ai toujours fui les enterrements, et j'avais pour habitude de dire en plaisantant que je n'irais pas au mien. D'ailleurs, il est clair que je n'y serai pas, puisque ce qui fait ce que je suis se sera subitement évaporé. Mais j'étais à celui de Maxime à Coux-et-Bigaroque, un petit village qui surplombe le fleuve Dordogne avant qu'il ne coure vers Limeuil. Des dizaines de jeunes gens sidérés y pleuraient l'enfant prodige du village, tué pour une prétendue « cause » qui paraissait tellement lointaine, vue du Périgord.

La question est toujours sensible aujourd'hui, alors que la résignation semble avoir fait place à la colère. Plusieurs dizaines d'anonymes perdront la vie dans les mois, les années qui viennent, victimes aléatoires de jeunes incapables de se donner une bonne raison de vivre, submergés par un mélange un peu rance d'idéologie islamisante, de revendications identitaires vaguement liées à leurs origines, de vacuité intellectuelle, de psychopathologies plus ou moins identifiables, de faiblesse morale abyssale. Les grandes idéologies du siècle passé pour lesquelles ma génération et la précédente ont agi, ils ne les connaissent pas, ne les comprennent pas. Leur mode de pensée, de réaction ne trouve pas sa source en Occident mais dans un Orient qu'ils ne savent pas situer sur une carte et avec lequel cependant les nouvelles technologies tissent un contact permanent.

Le terrorisme a laissé sa marque sur le plateau du film par l'intermédiaire d'une assistante caméra qui a réchappé miraculeusement à l'attentat du métro de Bruxelles. Elle était au téléphone et l'appareil posé contre sa tempe a ralenti un projectile après avoir martyrisé sa main dont elle n'a pas complètement retrouvé l'usage. Cette fine et grande jeune fille ne laisse rien paraître de son drame, de ce qu'elle a vécu et de ce qu'elle a vu, ces hommes et ces femmes déchiquetés par des psychopathes arriérés, lie de l'espèce humaine si tant est qu'ils en fassent encore partie. Il y a quelque chose d'eux chez Philippe V qui, profitant de l'Inquisition qui perdure en Espagne au XVIIIe siècle, pense protéger Dieu par les sacrifices humains qu'il autorise et auxquels il assiste régulièrement. On brûle hommes et femmes, ces dernières étant pour lui, bien plus que les hommes encore, la proie du diable.

Le terrorisme dépasse la névrose obsessionnelle du simple croyant. Il verse dans une forme de psychose où la religion n'est plus qu'un vecteur de démence paranoïaque.

Il est difficile de réfléchir à cette monstruosité sans se référer à la grande histoire, mais pas forcément celle que l'on nous a enseignée. Brièvement, il faut rappeler que l'histoire moderne qui nous lie aux peuples d'Orient et du Maghreb est celle d'une domination coloniale qui, sous l'ordre apparent des conquérants, a créé un désordre amplifié par les richesses du sous-sol fournissant l'énergie nécessaire à notre modèle économique. Raison pour laquelle le postcolonialisme s'est organisé autour d'une poignée de dictateurs inféodés à leurs intérêts et aux nôtres. Spoliées, les populations ont été privées de la manne pétrolière et nous tiennent, à raison, pour complices de la malédiction qu'est devenu le miracle de leur sous-sol. Les entrepreneurs des années soixante avaient besoin d'une main-d'œuvre à bas prix pour assurer la prospérité des Trente Glorieuses. Poussé par une pauvreté organisée, le Maghreb a fourni des armées de manœuvres exploités, parqués dans des foyers avant d'être entassés dans des barres d'immeubles. On a finalement autorisé leurs femmes à les rejoindre. Leurs enfants sont devenus français. Parce qu'on les maltraite, qu'on ne favorise pas beaucoup leur intégration, on ne veut pas voir le repli identitaire de leurs petits-enfants qui s'appuie sur une religion réinventée qu'on laisse proliférer, par négligence. Au passage, on se débarrasse vite fait de notre culpabilité à leur égard en invoquant le droit à la différence qui n'est autre que le droit à notre indifférence vis-à-vis de ces banlieues immondes qui ne profitent qu'à leurs architectes, à des élus souvent corrompus et à des offices HLM qui mènent grand train.

Des sunnites, laïques pour la plupart, peuplaient une grande partie des effectifs de l'armée et des services secrets de Saddam Hussein. Cette dictature renversée par les Américains lors d'une intervention basée sur des raisons fallacieuses et mensongères a été remplacée d'autorité par un gouvernement chiite, ces mêmes chiites combattus sur le front iranien des années auparavant. À cet affront se sont ajoutés, pour ces hommes, les sévices subis dans les prisons comme celle d'Abou Ghraib où se sont succédé torture, humiliations, viols répétés. C'est là que ces laïques se sont tournés vers le Coran auquel ils ont ajouté une haine définitive de l'Occident. La suite, on la connaît, l'islam dépouillé de tout humanisme devient la seule alternative aux idéologies importées d'Occident qui, pour eux, portent toutes le sceau de l'infamie.

L'intervention américaine de 2003, dont les raisons sont purement économiques et liées au pétrole convoité par les vautours de Washington, nous la payons cher et pour longtemps. Le mouvement nihiliste qu'elle a généré se développe dans chaque pays occidental où fermente une minorité d'individualités plus ou moins isolées, marginaux, psychopathes qui tentent d'exister par la mort, la leur et celle de leurs victimes. La réponse qui doit s'élever face à cette barbarie, ce n'est évidemment pas le racisme contre ces hommes et ces femmes venus en nombre d'Afrique du Nord. Ils fuient une pauvreté organisée par des dirigeants qui, comme en Algérie, ont réussi à faire d'un pays, riche par ses ressources pétrolières et gazières, une nation pauvre. La richesse se retrouve détournée par une bande de généraux séniles ayant eux-mêmes fomenté la conspiration islamiste pour obtenir ce silence qui suit les grandes répressions.

Si les musulmans pèsent trop peu dans le développement scientifique et intellectuel mondial c'est qu'on les a progressivement enfermés dans un texte, un seul, de la façon la moins critique qui soit, dans l'espoir que l'islam devienne la civilisation du livre unique, celui qui remplacerait et interdirait tous les autres. Décréter que toutes les réponses sont dans un texte unique, a fortiori quand celui-ci n'a pas été conçu dans cet esprit, ne peut être que le signe d'une volonté de pouvoir, celle des autorités de tenir les femmes d'abord, les hommes ensuite, dans une profonde ignorance qui leur permet d'asseoir leur dictature. Ce retrait du cheminement intellectuel général au moment de l'éclosion du positivisme en Occident, aggravé par le colonialisme puis le néocolonialisme, a fait de l'islam un ressort identitaire. Il a rendu grand nombre de musulmans immobiles dans ce qui, loin d'être une alternative, est devenu une impasse, où la désignation d'un ennemi commun n'empêche pas les conflits tribaux, bien plus meurtriers que ne l'est le terrorisme à l'égard des Occidentaux.

La précarité de l'existence est en soi un phénomène fascinant qui décide de nombre de nos comportements. Mais à regarder l'histoire, il semble qu'avant le XXe siècle, la mort soit la règle et la vie l'exception. Au XVe siècle, alors que Louis XI est encore adolescent, la moitié de la population française disparaît après une épidémie de peste. À l'aube du XVIIIe siècle, on sort d'un deuil pour entrer dans un autre. On l'a dit, la variole et la peste prennent la population en tenaille. Et la mortalité infantile est au plus haut. Peut-être est-ce là l'une des raisons du peu d'attachement des adultes pour leur progéniture : la douleur répétée deviendrait insurmontable.

Dans la société où se déroule l'intrigue du film, on confie les enfants en bas âge aux nourrices et autres gouvernantes et on ne commence à s'y intéresser que lorsqu'ils représentent un enjeu politique. C'est le cas lors de mariages qui décident d'alliances et donc des questions de territoires, directement connectées à l'esprit reptilien que des milliers d'années de civilisation n'ont pas réussi à effacer.

Ce qu'on possède, ce qu'on pense mériter et ce qu'on prend aux autres décide des rapports sociaux entre les humains.

Cette précarité de la vie a partie liée avec la foi, même si elle n'en est pas le seul vecteur. La religion est là pour en corriger les effets désastreux dans les consciences et entretenir l'illusion d'une continuité entre la vie et la mort qui rendrait celle-ci plus acceptable dans les perspectives qu'elle offre, en particulier de résurrection. Quant aux églises, elles sont le bras «spirituel» de la domination d'une majorité par une minorité, raison pour laquelle la démocratie, la vraie, passe par une stricte laïcité.

À l'époque où se déroule le film, en Espagne, l'Inquisition poursuit sa funeste tâche qui consiste à brûler des flammes de l'enfer les hérétiques, hommes et femmes, et la jeune promise du futur roi est contrainte d'assister à ces spectacles où est calciné tout ce qui dévie du dogme catholique romain.

Au petit matin, mon fils est au maquillage, entouré de sa mère et de sa tante qui a fait le déplacement depuis Paris. Ce n'est pas la première scène du film dans l'ordre du tournage mais elle l'est dans l'ordre du scénario et elle le sera dans l'ordre du montage. L'heure à laquelle l'équipe va débouler sur le plateau se rapproche, avec les difficultés de concentration que cela implique. Je sais que Catherine Mouchet – Mme de Ventadour – craint cette scène où elle doit se pencher, en larmes, sur l'enfant. Alors que les actrices pleurent généralement facilement, Catherine est avare de ses larmes. Lui tirer des pleurs sera un des rares effets spéciaux du film. Cet inconfort de Catherine que je pressens par rapport à cette scène me conduit donc sur le plateau, seul, pendant que les acteurs sont au maquillage et aux costumes et que les techniciens patientent autour de la table régie, lieu de convergence de la boulimie qui accompagne un tournage. Me voilà avec au plus une vingtaine de minutes pour réécrire la scène, l'agencer différemment. On ne crée pas sans influence – quand on plagie, c'est autre chose, on a renoncé à créer – et inconsciemment, à ce moment-là dans le décor, me revient un peintre : Hogarth. Il est anglais. C'est son naturalisme qui a inspiré une des scènes cultes de *Barry Lyndon*. L'hommage à Stanley Kubrick est inévitable parce que mon admiration pour lui transpire par tous mes pores, tout comme celle que j'ai pour Cassavetes, pour Bergman, pour Lumet, pour Ivory et d'autres encore.

Barry Lyndon est un des films de ma vie. J'en parlais un jour, sur le plateau d'*Une exécution ordinaire* dans un échange furtif avec cet artiste étonnant qu'est Denis Podalydès. Nous avions évoqué cette scène culte de l'enfant qui meurt pour avoir essayé de monter le cheval que son père veut lui offrir. Juste avant que l'accident survienne, on sait qu'on va pleurer. On ne peut pas s'en empêcher, car chez cet aventurier irlandais qui s'est hissé jusqu'à la grande aristocratie anglaise, n'est vrai que cet amour pour son fils unique. Le drame qui le lui enlève en le précipitant ensuite dans la déchéance s'achève sur une autre scène justement inspirée de Hogarth. On y voit, dans un plan large, Lyndon et quelques-uns de ses acolytes au petit matin, au sortir d'une nuit de débauche, endormis sur des chaises et débraillés. L'entrée de la lumière dans cette salle de château y est exceptionnelle.

Les archives et les tableaux sont les uniques sources des films d'époque. Les archives pour la dramaturgie, les tableaux pour les décors, les costumes, les perruques, le maquillage et les attitudes. Un film historique demande une préparation particulière et c'est ce que nous avons fait avec Gilles Porte, le chef opérateur. Positif, volontaire, Gilles ne lâche rien, n'oublie rien et travaille avec beaucoup de désintéressement. Le cinéma est un milieu parfois déconcertant car il crée des affections spontanées, souvent précipitées et donc fragiles parce que mal enracinées. Mais nous avons en commun l'un et l'autre de ne pas être impressionnés par ce milieu auquel nous appartenons sans lui appartenir, et ce constat a immédiatement créé entre nous une complicité qui ne s'est jamais démentie durant l'année qui nous a réunis.

Lors de notre première rencontre, nous avons bien sûr parlé de la photo du film, de mes intentions. Image, dialogues et mise en scène, musique… Comment arriver à une harmonie en évitant le pléonasme, la pesanteur ? La première pièce de l'édifice étant le livre, bien sûr, qui appartient à son auteur.

Quand est venu le temps de parler de l'image, nous n'étions plus que Gilles et moi. Et je n'avais pas voulu le convier à cette discussion avant d'avoir identifié les décors, que nous avons parcourus ensemble comme d'étranges visiteurs. Belœil, Gasbeek, Egmont, le palais des Princes-Évêques de Liège, des parcs, des forêts… Chacun de ces sites était le résultat de recherches angoissantes qui avaient débuté plusieurs mois auparavant avec les chefs décorateurs, remarquables esthètes dont la puissance de travail m'a laissé sans voix. Je ne cherche pas plus l'oxymore que le pléonasme. Chacun doit jouer sa partition et celle du chef-opérateur n'est pas d'accoler à l'histoire des couleurs à faible saturation, tirant vers le bleu et le vert. La tentation est souvent forte d'étouffer la lumière et les couleurs pour se focaliser sur les visages et leur donner le monopole de l'expression du drame puisque c'est de drame qu'il s'agit.

À trois mois du tournage, je montre à Gilles sur mon ordinateur des tableaux de maîtres anglais, Hogarth on l'a dit, mais aussi Reynolds et Gainsborough. Le portrait d'un enfant en particulier, où la balance des couleurs me semble idéale. Mais nous en sommes encore à un stade où il faut se préparer à changer ses plans en fonction de la lumière, des possibilités de l'installer. À Versailles, par exemple, comme dans beaucoup d'autres grands sites classés, il est particulièrement difficile de travailler l'éclairage tant sont lourdes les restrictions d'installation et de passage. Cela oblige à tourner de nuit, décision dont on connaît les coûts prohibitifs. C'est l'une des raisons qui nous ont conduits dès le départ à exclure les grands châteaux nationaux du « casting » décor.

Le matin où l'on tourne donc la première scène du film dans l'ordre du scénario, règne ce sentiment de responsabilité particulier, propre aux scènes d'ouverture. Catherine Mouchet est au maquillage près de mon fils. J'espérais que l'heure matinale à laquelle nous commencions attendrirait mon petit dernier car il a un caractère particulier d'hyperactif qui court déjà avant d'avoir mis les pieds par terre au saut du lit. Il est censé figurer un enfant malade, immobile. S'il a souvent été malade dans son plus jeune âge, je ne l'ai jamais vu immobile. C'est ce qu'on nomme communément un « tempérament ». Celui d'un Celte bagarreur qui ne manque toutefois pas de malice lorsque vient le temps de la répression. Un jour, comme sa mère excédée lui hurlait dessus, il lui a répondu calmement du haut de ses quatre ans : « Crie moins fort, j'ai de toutes petites oreilles. »

J'évalue mes contraintes. La première, Catherine ne veut pas pleurer. La seconde, je ne pourrai pas rester longtemps sur mon fils en plan rapproché. La troisième, ma scène doit tout de même exprimer ce qui est prévu dans le scénario. J'ai prévenu ma première assistante, Valérie, que je souhaite rester seul dans le décor jusqu'à la résolution du problème en espérant que nous ne démarrerons pas la journée en retard. Quand Hogarth me vient à l'esprit, j'imagine que la scène prend place à l'aube et qu'après une nuit de veille, les protagonistes se sont endormis, submergés par la fatigue. J'ai l'idée d'un long travelling arrière qui permet de s'éloigner lentement de mon fils pour révéler Ventadour et une servante assoupies dans leur fauteuil alors que la lumière du jour commence à pénétrer dans la chambre. Elles sont réveillées par les médecins qui frappent à la porte. La scène se tournera en deux plans selon deux axes. Je la soumets à Gilles qui approuve. Catherine est soulagée, je ne lui demande plus de pleurer.

Chaque séquence se tourne selon un rituel immuable. Je viens d'abord sur les lieux, sans personne, au matin, quand il fait encore noir, dans le silence. On peut tout à fait débarquer sur un plateau avec le seul scénario entre les mains et improviser la mise en scène, mais c'est une façon de travailler qui n'est pas la mienne. Je ne crois pas à la créativité quand pèse sur les épaules du réalisateur la responsabilité financière du film. Je ne crois pas non plus à la créativité au milieu du bruit des équipes. Elle peut émerger à l'occasion, mais le rythme que demande aujourd'hui un tournage est tel que l'on est forcé, selon moi, de suivre scrupuleusement l'exécution d'une partition écrite d'après le découpage minutieux du scénario avec le chef opérateur.

Alors que le tournage a débuté aux premiers jours d'octobre, nous sommes arrivés sur place, Gilles, Valérie et moi dès la mi-août pour entreprendre ce découpage. Découper, c'est imaginer les positions des acteurs dans le décor et leurs déplacements, puis la position des caméras et la direction de la lumière. Il y a une centaine de scènes à prévoir ainsi. J'esquisse grossièrement chaque rôle en le jouant devant ma première assistante et mon chef opérateur – ce qui paraît acceptable avec un comédien aussi déplorable que moi le sera forcément avec les vrais acteurs – et on prend la décision du nombre de plans dans chaque scène. La maîtrise du temps n'est pas le seul facteur, celui de la fatigue des acteurs, particulièrement des enfants, impose de ne pas les multiplier inutilement.

Chaque scène donnant lieu en moyenne à 4 plans, il nous faut tabler sur 400 plans tournés, qui supposent, en comptant environ 4 prises par plan,

1 600 prises à étaler sur 7 semaines et demie. Je n'ai pas de parti pris idéologique concernant le nombre de prises. En avoir, c'est installer une pression sur les comédiens. Brian Cox, l'acteur principal de mon précédent film, m'a rapporté que Clint Eastwood n'autorisait qu'une prise à chaque fois. Cette radicalité tout américaine interdit aux comédiens la moindre défaillance. Mais ce qu'on oublie de dire c'est que les productions américaines permettent des temps de répétitions très longs avec des répétiteurs dédiés, procédé qui n'existe pas vraiment en Europe, sauf pour les enfants.

Le découpage sollicite l'imagination autant que l'écriture. Le décor est certes là, mais brut, il n'a pas encore été habillé. Il faut se le représenter achevé, avec les acteurs costumés, déceler les angles morts, les miroirs assassins qui ne se priveront pas de renvoyer l'image des techniciens de la caméra. C'est un grand moment de prise de conscience des possibilités et des contraintes. On règle le ballet des acteurs et de la caméra à trois, sachant que le jour du tournage on sera plus d'une vingtaine à occuper ces volumes.

Peu de scènes découpées ont été chamboulées au tournage. Elles ont parfois été simplifiées, en particulier par ce que nous avons appelé notre « fameux travelling arrière latéral », sujet de nombreuses plaisanteries, car j'ai préconisé cette technique chaque fois qu'il était possible de l'utiliser. Elle possède l'avantage de réunir, dans un seul mouvement lent de la caméra, un plan serré sur deux comédiens – qui se substitue à un champ-contrechamp – et un plan large d'installation de la scène. Cette technique ne vaut que pour des scènes simples, qui le restent grâce à la fluidité que ce procédé apporte. Il a par deux fois sauvé notre plan de travail.

Non seulement mon fils bouge tout le temps, mais il parle constamment. Ce qui le rend particulièrement inapproprié pour une scène où il faut rester figé sans prononcer un mot.

C'est un jour assez ordinaire pour lui. Je lui ai longuement expliqué en confidence la conduite à adopter une fois qu'il serait dans le lit. Maintenant qu'il y est, cette situation, nouvelle pour lui, déclenche un fou rire. Accompagné de clignements d'yeux ininterrompus. La première prise est un désastre. La seconde aussi. Je perds patience. Je m'y autorise puisque c'est mon fils. Rien n'y fait, la troisième prise est tout aussi regrettable. C'est alors que ma femme, qui assiste à cette débâcle dans le moniteur derrière moi, a une idée. Elle sort son téléphone de sa poche puis se dirige vers un rideau près du lit, où elle se cache. Elle s'adresse rapidement à mon fils que je vois soudain s'immobiliser, le regard fixe, puis, progressivement, embué. Exactement l'effet recherché. On tourne, c'est dans la boîte. En fait ma femme a eu l'idée de lui projeter depuis son téléphone un dessin animé qu'il a regardé sans broncher. *Sam le pompier* est venu éteindre l'incendie qui menaçait la scène. Pour un détracteur des portables et des excès de la société numérique comme moi, la défaite est cuisante. D'autres appelleraient cela la magie du cinéma, ce fameux « envers du décor ».

Enfant, j'imaginais que les acteurs n'existaient pas, qu'on filmait discrètement la vie réelle à l'endroit où l'on avait décidé de poser sa caméra et que cette décision ne connaissait aucune barrière, ni celle de l'espace ni celle du temps qu'on pouvait remonter à loisir, indéfiniment. La découverte que le septième art n'est qu'une fabrication, une illusion, une représentation du réel, m'a longtemps perturbé. J'avais le sentiment d'un abus de confiance, un parmi tant d'autres qui sont la base de ce continuel désenchantement propre à l'avancée vers l'âge adulte, quand la réalité d'abord impressionniste se précise avant de s'imposer tout à fait.

Orpheline, élevée dans un pensionnat, juive sans rien connaître du judaïsme et sans en avoir aucun des tropismes à une époque où son nom lui était reproché, ma grand-mère maternelle s'est réfugiée dans un imaginaire dont j'ai gardé le souvenir grâce aux histoires qu'elle écrivait avant de les poster à ses amies. C'est à ses côtés, dans le Vercors, que s'est développée ma propre imagination, devenue avec le temps une sorte de bouillonnement compulsif qui m'oblige à la fiction. Un big bang a précédé la diffusion anarchique de ce phénomène.

« Croyez-vous, monsieur le maréchal, que l'on puisse tuer un enfant pour lui prendre son trône ? » demande Louis XV au maréchal de Villeroy. Je crois pouvoir dater le jour où je suis tombé du mien, de trône, poussé par les événements. C'était aux premiers jours de l'été 1966, j'avais tout juste neuf ans. Mes parents louaient une petite maison accolée à une ferme sur le plateau du Vercors. La bâtisse, en pierre, toit en tôle, d'une relative austérité, s'ouvrait sur une nature étonnante pour moi qui n'avait connu depuis mes premiers jours que l'aridité africaine. La propriétaire, une femme noble tout aussi austère que l'édifice qui lui appartenait, n'avait pas renoncé aux vices mais elle avait choisi le moins coûteux d'entre eux, l'avarice. Elle invitait mes parents à dîner une fois par an dans une autre de ses propriétés. Ils en ressortaient assez tôt pour espérer un second dîner, plus substantiel, dans le centre de Grenoble.

La maison était dépouillée de tout ornement. Un vieux chauffage au mazout la rendait à peine habitable l'hiver, le froid d'altitude refusant de céder aux émanations de cette combustion de vieux chalutier. Il ne devait pas faire beaucoup plus chaud à Versailles à la morte saison. Et comme Louis XV dans ses premières années, j'y avais ma Ventadour, ma grand-mère maternelle. Mon grand-père aussi, à l'histoire duquel je dois mon premier roman, *La Chambre des officiers*, que j'ai écrit vingt-six ans après sa mort dramatique. Ce jour du mois de juin 1966, alors qu'il effectuait sa promenade quotidienne avec son chien, canne en main, feutre sur la tête et sanglé par le gilet d'un costume trois pièces, il n'est pas rentré. Le chien est revenu seul et s'est précipité sur sa gamelle sans un regard, comme pour décliner toute responsabilité. Au matin, après une nuit de recherches, mon frère aîné l'a retrouvé sans vie au pied d'une falaise. J'avais prié toute la nuit pour qu'il revienne. La foi s'en est allée, celle en Dieu qu'on m'avait enseignée. Je me suis ensuite inventé toutes sortes de maladies, de symptômes psychosomatiques pour ne pas quitter ma grand-mère, pour éviter l'école et la compagnie des autres enfants, longtemps perçus comme l'esquisse d'un essaim d'adversité. Dans le délire de la fièvre de mes fausses maladies, je m'inventais des mondes reliés à la grande Histoire, avec une prédilection pour le XVIIe siècle entretenue par ma lecture d'Alexandre Dumas. Il se dit que Dumas avait des nègres. Puissent ceux de certains écrivains d'aujourd'hui avoir le même talent, on pardonnerait tout à leurs commanditaires.

Cette installation dans l'imaginaire était préparée depuis longtemps par la triste réalité de la maladie de mon père ajoutée à la défiguration de ce grand-père maternel dont le visage, profondément meurtri depuis 1915, m'interdisait toute confiance en ma propre espèce. Je suis né douze ans après la fin de la seconde tentative de suicide de la civilisation européenne et ces deux guerres ont gravé dans mon inconscient une suspicion de chaque instant à l'égard de mes congénères, comme s'ils portaient en eux les germes de mon extinction et de celle de ma descendance.

C'est cette suspicion qu'incarne l'acteur Igor Van Dessel, celle d'un jeune roi qui se dit terrorisé par la mort, comme je le suis devenu moi-même au même âge, vaincu par ce souffle nihiliste dû à la prise de conscience, très jeune, que notre finitude dans un univers infini sonne comme une malédiction du sens. Malédiction que je n'ai jamais vraiment pu vaincre malgré la lecture assidue d'Albert Camus.

Je ne pensais pas qu'à treize ans, Igor pourrait faire montre d'une telle intelligence de son personnage.

Il est Louis XV dans sa fragilité, sa mélancolie. Sapé sur ses bases par la mort de toute sa famille, le jeune roi comprend qu'il ne peut devoir qu'à lui-même de persévérer dans l'existence au niveau où la providence l'a placé. Le film est ainsi celui de la naissance d'un souverain qui prend le pouvoir en s'appuyant sur le seul homme honnête de son entourage, le cardinal de Fleury, un prêtre désintéressé qui mourra à un âge canonique sans avoir soustrait un louis d'or à la couronne. Mais Louis XV sera empêché de devenir un roi remarquable par sa profonde mélancolie. Le film montre en filigrane les hésitations de son éclosion à la sexualité qui se fixera plus tard sur ses maîtresses, lesquelles exerceront sur lui autant de pouvoir qu'il en exercera sur le peuple. Bien-aimé au début de son règne, il finira haï par ses sujets qui n'auront pas compté pour lui, trop occupé qu'il était par ses plaisirs, destinés à chasser ses démons. Il mourra à soixante-quatre ans de cette maladie qui a dévasté sa famille, la variole, virus qui servira en même temps, de l'autre côté de l'Atlantique, à éradiquer volontairement les Indiens auxquels les conquérants blancs offriront des objets infectés.

Le mariage entre enfants est courant à une époque où la descendance est vécue comme une obsession, prétexte à rivalités entre différentes prestigieuses lignées. À la mort de Louis XIV, il ne reste que deux Bourbons pour prétendre à sa succession, le jeune Louis XV et le frère de son père, Philippe V, installé sur le trône d'Espagne par le grand monarque, au prix d'une guerre interminable qui a tué près de deux millions d'hommes. Ce trône entaché de sang, le fragile Philippe V n'en veut pas, il le subit. Pourtant, bien qu'il y ait officiellement renoncé, à Paris on s'inquiète du fait qu'il ne revendique de succéder au petit Louis si celui-ci venait à décéder. Là est la crainte de Philippe d'Orléans, Régent du royaume, qui se verrait bien lui-même roi de France si le tout jeune roi venait à passer. D'où son idée machiavélique de le marier à la fille de Philippe V, une enfant minuscule qui ne pourra pas lui donner de fils avant de longues années. Il en profite pour marier sa propre fille à l'héritier du trône d'Espagne, Luis I.

Condé, allié aux Bourbons, comprend la manœuvre et fait tout pour y mettre fin. Une fois le Régent mort d'un arrêt cardiaque à quarante-neuf ans, Condé s'impose comme Premier ministre de Louis XV et défait consciencieusement ce que le Régent a tressé. Au final, il parvient à convaincre le jeune roi de répudier l'infante d'Espagne. Un tel camouflet vaudrait normalement la guerre entre les deux nations mais Philippe V, anéanti par la mort de son fils Don Luis, ne trouve pas la force de laver cet affront. Louis XV est alors marié à une princesse polonaise beaucoup plus âgée, chargée d'assurer au plus vite une large descendance dont fera partie Louis XVI, son petit-fils, premier fossoyeur de la monarchie.

À l'égard de la petite princesse d'Espagne qui lui prend sa gouvernante, cette mère supplétive dont il ne parvient pas à s'émanciper malgré ses pleins pouvoirs à treize ans, Louis XV est maladroit, hésitant, parfois cruel. Il la considère comme une enfant, une curiosité, une contrariété, se défend de s'y attacher même si Marie-Anne Victoire a toutes les qualités pour mériter son affection. Il lui reproche son âge qui reporte dans le lointain tout plaisir charnel sans savoir encore s'il préfère les filles ou les garçons.

À la lecture du livre de Chantal Thomas, Louis XV m'est apparu comme un personnage d'une singulière proximité avec certains souvenirs liés à mon enfance. L'extrême précarité de l'existence et son terme irrévocable, notre société fait semblant de l'ignorer. On sait qu'un des remparts les plus efficaces contre ceux-ci que notre esprit puisse sécréter est la névrose obsessionnelle. La névrose la plus difficile à soigner de toutes, tant elle s'ancre au plus profond de nous-mêmes. Lorsque le risque de dépression est collectif, cette réaction obsessionnelle l'est tout autant, expliquant ces hordes de gens qui arpentent, affairés, les lieux de consommation, récompense à leur assignation, l'autre partie du temps, à produire indéfiniment. Consommation, sexe, tabac, alcool, drogue s'y ajoutent sans parler de l'avarice qui a nombre d'adeptes. Freud avait lui-même classé la religion dans la catégorie des névroses obsessionnelles, et on sait aujourd'hui jusqu'où elle peut aller comme support de la psychose.

La question de la normalité et de la folie, de leur antagonisme, de leur complicité, m'obsède. Elle n'a jamais été autant d'actualité car aujourd'hui le système de production-consommation compulsif qui détermine la majorité de nos actes et de nos pensées nous conduit dans une impasse, celle d'une civilisation pour laquelle la multiplication des objets s'est substituée à toute forme de spiritualité, c'est-à-dire d'élévation de l'homme dans son rapport à la nature. Abusée, foulée, la nature ne sera bientôt plus que l'immense dépotoir de cette névrose qu'on persiste à considérer comme la normalité.

Le retour au religieux s'élève partiellement contre cette tendance à réduire au matériel nos rapports sociaux. Sauf qu'il n'y a plus grand-chose de spirituel dans la religion. La spiritualité y est l'exception alors que le dogme, la morale, l'injonction sont la norme, raison pour laquelle les grandes religions monothéistes n'ont aujourd'hui qu'un rôle d'auxiliaire de l'asservissement d'une majorité par une minorité esclave de sa propre cupidité. Si notre espèce ne disparaîtra pas forcément, elle va rendre l'espace qui lui a été assigné invivable dans un délai très court, ne serait-ce que par sa démographie incontinente, encouragée par des politiques inconscients qui craignent la pénurie de consommateurs et de contributeurs aux retraites des plus anciens.

L'homme aspire à la liberté mais si l'on veut être honnête, il se caractérise plus par sa capacité à se soumettre qu'à se révolter. Soumission au marché qui a fini par envahir toute la planète après l'échec de l'alternative communiste, soumission au numérique qui s'est déroulée dans un temps record, le delta entre notre intelligence technologique et l'intelligence moyenne de nos populations ne faisant que s'accroître pour la plus grande satisfaction des décideurs qui voient notre esprit critique s'éroder au profit de réactions machinales, impulsives. Le monde de demain m'inquiète moins qu'il ne m'ennuie, même s'il porte aussi son lot d'améliorations pour notre condition qui masquent la progression victorieuse du marché vers un gouvernement mondial insaisissable.

Même entouré, choyé, diverti jusqu'à une forme d'abrutissement tout au long de sa petite enfance, le jeune roi ne peut ignorer qu'il est le survivant d'une incroyable tragédie et la fragilité de sa situation lui est sans cesse rappelée par le devoir de descendance dont on l'afflige constamment, alors qu'il n'a que onze ans et qu'il est de santé délicate. Roi un jour, rien le lendemain. « Pourquoi faut-il que la mort commande tout ? » demande-t-il excédé à ses deux conseillers les plus proches.

Enfant, j'observais les adultes, consterné par leur facilité à se détourner de l'essentiel, à vivre comme des immortels entre chimères et futilité, étonné que la vie conduise à se focaliser sur des problématiques matérielles dont ils emporteraient inexorablement la vacuité dans leur tombe. À la vacuité s'ajoute son phare éblouissant, l'orgueil, sur lequel Louis XIV a assis son règne comme aucun de ses prédécesseurs ne l'avait osé avant lui. Surtout pas son père, Louis XIII le Pieux, qui a chargé la foi de l'alléger du « fardeau » de son homosexualité qu'il a transmis au second de ses fils, que son propre frère, malgré sa profonde réprobation pour « l'inversion », a transformé en folle inoffensive, inapte à jalouser son trône.

Louis XIV sait ce que Dieu, cette invention des hommes pour leur propre bénéfice, peut faire pour l'autorité des rois. Il en use jusqu'à persécuter les partisans de la Réforme, cette version dépouillée du christianisme qu'il ressent comme une menace contre son pouvoir absolu.

La royauté n'est qu'une symbolique destinée à assujettir la volonté des plus industrieux à une classe désœuvrée qui oscille entre piété et libertinage pour occuper un temps aléatoire qu'un rien infléchit vers le deuil, lui-même causant moins de tristesse que d'intrigues, puisque le reptilien tapi derrière l'esprit de cour ne raisonne qu'en nouvelles alliances et nouveaux territoires qui seront légués tôt ou tard à une descendance méprisée livrée aux nourrices. Le monde de la grande noblesse est celui de l'enfance éternelle, de l'irresponsabilité consacrée. Sa cruauté pour sa propre progéniture n'est que jalousie d'adultes qui se refusent à grandir pour ne pas avoir à penser à quel point le monde qu'ils perpétuent est inepte.

Cette caste n'aurait rien laissé si cette vacuité n'avait été accompagnée d'une folie des bâtiments et des ornements qui les meublent, inondant la postérité de quantité d'œuvres d'art, conçues autant pour célébrer la gloire de Dieu que la leur.

Qu'une aptitude particulière à la rébellion côtoie une servilité insoupçonnable chez le peuple français est un héritage du règne du monarque absolu qui laisse à son arrière-petit-fils un royaume ruiné par les fastes et la guerre. L'État le plus puissant du monde est au bord de la banqueroute, les famines ravagent les campagnes et, à sa tête, Philippe d'Orléans s'impose comme Régent contre l'avis du défunt roi, en échange de concessions aux parlements qui selon certains, ouvriront la voie à la Révolution qui n'est séparée de cette régence que d'une soixantaine d'années.

Louis XIV s'est employé à rabaisser son neveu tout au long de son règne, refusant de voir ses qualités militaires, l'humiliant en lui imposant d'épouser une de ses filles bâtardes, Mme de Blois. Au Roi-Soleil devenu bigot dans ses vieilles années sous l'influence de Mme de Maintenon, Philippe d'Orléans oppose le libertinage et la débauche. On ira jusqu'à le suspecter d'avoir couché avec l'une de ses propres filles. Celle qu'il expédie en Espagne a été oubliée. Personne ne s'est vraiment soucié d'elle ni de son éducation – on voit à la lecture de sa correspondance qu'elle sait à peine écrire. C'est parce que Orléans ne sait que faire d'elle qu'il la place sur le trône d'Espagne auprès du prince héritier Luis, cet adolescent timide, écrasé par son père Philippe V dont tout le poids tient à sa folie. Vraisemblablement tenté par le suicide, Philippe V lutte désespérément contre la dépression. Sa seule terreur de l'au-delà pour les comptes qu'il craint de devoir y rendre ne suffit pas à le maintenir en vie. Il lui faut aussi lutiner sans cesse sa femme, Élisabeth Farnèse, à toute heure du jour et de la nuit, dans une assiduité épuisante pour la pauvre femme dont le corps est devenu un rempart contre la démence de son mari.

Alors que rien ne permettait d'affirmer que le film allait se faire avec certitude, je me souviens d'avoir été donner une petite conférence à Rome. Accueilli à l'ambassade de France dont l'ambassadeur était absent, on m'avait gratifié d'une chambre d'invité sur le mur de laquelle trônait un portrait de la Farnèse. Je l'ai longuement observé à la lumière artificielle du palais qui porte son nom, à la nuit tombée. Aucun trait de son visage ne parvenait à atténuer sa laideur et d'ailleurs le peintre, malgré toute sa bonne volonté, n'avait rien pu contre cette disgrâce dont le pire reste le double menton qui finit en goitre. Les portraits de Philippe V montrent un homme dont la présence semble forcée et que trahit un regard éteint. Sa dernière jouissance aura été son abdication, qu'il fait debout devant le portrait en majesté de son grand-père Louis XIV, en présence de sa femme et de Luis qu'il a eu d'un précédent mariage avec une princesse de Savoie décédée. Il se démet, se décharge du trône qu'il confie à son fils consterné, accablé par cette responsabilité inattendue. Mais quelques mois plus tard, Luis I meurt, frappé par la variole. Philippe V est obligé de reprendre sa couronne comme si la malédiction du pouvoir ne voulait pas le quitter. Affligé par celle-ci autant que par la disparition de son fils, il sombre dans la neurasthénie pendant plus d'un an, ne se levant ni ne se lavant plus.

Quoi de plus romanesque qu'un roi qui ne veut pas de sa couronne ? Chantal Thomas l'a bien compris et sa passion pour le personnage en témoigne. Alors que son livre a paru il y a plusieurs années, elle poursuit inlassablement ses recherches sur ce personnage chez qui la maladie mentale semble créer des méandres infinis.

Nous tournions à Liège ce jour-là au palais des Princes-Évêques dont le décor figurait parfaitement l'Espagne, en tout cas certaines des vastes pièces de l'Escurial. Laurent Grégoire, l'agent de Lambert Wilson comme le mien, était venu nous rejoindre pour une journée pluvieuse que j'avais commencée très fatigué après avoir mal dormi, sans doute perturbé par le changement de décor puisque nous venions de quitter celui des trois premières semaines de tournage, le château de Belœil. La fatigue est le pire ennemi du réalisateur car elle le pousse à une forme de passivité qu'il ne peut se permettre, sauf à abdiquer sa volonté et sa sensibilité. La vague des électros, des machinos, des habilleuses, des maquilleuses et des techniciens qui envahissent le plateau le submerge. Asservi, il est le jouet de leurs obsessions, justes et honorables car toutes servent le film. Cet enthousiasme, ce professionnalisme qui doivent se soumettre aux contraintes de temps créent une atmosphère de ruche brouillant parfois la vision du film, d'autant plus difficile à harmoniser que le tournage ne se fait pas dans l'ordre du scénario. Pour qu'un film ait un peu de chance de survivre à sa simple exploitation commerciale, il lui faut une âme qui flotte entre les mains du seul réalisateur. La concentration qu'exige cet accomplissement est sans cesse menacée, agressée par les problèmes qui surgissent au quotidien malgré l'extrême dévouement des uns et des autres. La scène de l'abdication en est l'illustration parfaite.

Au bruit des voitures sur la place devant le palais, qui compromet la prise de son, s'ajoute un problème apparemment subalterne mais qui agite les esprits. Le tableau de Louis XIV devant lequel Philippe V est censé abdiquer ne convient pas. Exécuté en Bulgarie, il n'a pas la majesté requise. Je l'avais vu la veille et il ne m'avait pas choqué. Mais là, soudain, l'intégrer à la scène me semble d'une incontournable impossibilité. Ce qui veut dire qu'un autre tableau dont il faudra acquérir les droits devra être incrusté en postproduction par la magie des effets spéciaux. Le tournage commence en retard. Je pensais que cette séquence, son écriture, ses enjeux, conduiraient Lambert Wilson à puiser au plus profond de son personnage. Il est fracassant. Lambert développe une puissance rare chez les acteurs français. Sa présence en impose, seule, avant même le jeu qui la module. Tout comme j'écris sans relâche pour éviter de me confronter à moi-même et au réel trop longtemps, j'ai le sentiment que la sensibilité foisonnante, excessive de Lambert Wilson, lui dicte de s'incarner dans d'autres personnages dont il prend la forme dans une immédiateté saisissante. La force des grands acteurs est de ramener, en plein tournage, le réalisateur à un simple spectateur ébahi. Lambert a pris la place que ne voulait peut-être pas lui donner son père, grand acteur lui-même. Ce dernier, en refusant à son fils cette place méritée, l'a involontairement élevé au-dessus de lui-même et Lambert donne parfois le sentiment de ne pas vouloir l'accepter, comme si cette réussite lui était d'une trop grande souffrance.

La scène de départ de la petite infante pour la France, entre sa mère la Farnèse et Philippe V, nous a saisis, notre agent et moi, alors que nous étions derrière l'écran de contrôle. Le roi en larmes explique à sa fille incrédule que « la vie et la mort ne sont qu'une seule et même chose ». Cette enfant, il sait que selon toute probabilité, il ne la reverra plus jamais. La scène me fait penser à ces animaux, chiens ou chats à qui l'on enlève leurs petits pour toujours, adoptés par d'autres familles plus ou moins aimantes. Un autre que Philippe V, à l'époque, aurait laissé partir sa fille sans manifester la moindre peine, à l'image de Philippe d'Orléans qui tourne le dos à Louise-Élisabeth embarquée dans un carrosse pour l'éloigner irrémédiablement de son père. Mais le roi d'Espagne est trop fou pour être insensible et le départ définitif de sa petite fille âgée d'à peine quatre ans le dévaste.

La scène me bouleverse d'autant plus qu'elle me rappelle un rituel qui a lieu avec un de mes fils depuis des années, chaque fois qu'il me quitte pour retourner vivre chez sa mère à trois mille kilomètres de moi. Cet arrachement me laisse chaque fois désemparé, comme si j'étais privé d'une partie de moi-même. Par chance, la distance ne nous empêche pas d'évoluer dans une extrême proximité. Il ne se passe pas un jour sans que je l'appelle, pas un. Son éloignement ne fait pas que je le préférerais à ses frères et sœur, mais il a créé une intimité particulière, une intensité née de la frustration de ne pas vivre ensemble au quotidien. Je ne me sens vraiment entier que quand il est là. Il m'a rejoint sur le film au moment des vacances de la Toussaint. Il est resté aussi à mes côtés à l'époque des repérages où il est devenu une sorte de mascotte de l'équipe de préparation.

Un jour où nous ramassions des mûres dans un pré l'un à côté de l'autre, il avait sept ans, il s'est arrêté soudainement pour me dire : « Je crois que nous sommes morts l'un et l'autre. » Il a lâché cela d'un air très inspiré avant de rajouter en souriant : « Je dis ça parce que ce que nous vivons est l'exacte définition du paradis. » Il a dix ans maintenant et il a conservé cette hauteur métaphysique qui me rappelle la mienne à son âge, même si je crains qu'étant de confession musulmane il ait à connaître de la réalité ce qu'elle a de plus inique, en particulier lorsqu'elle confond les musulmans et les terroristes. Une suspicion affligeante dont se nourrissent les faibles d'esprit encouragés par les populistes qui les exploitent. Un jour que je me préoccupais de savoir s'il voulait que je m'occupe de faire un cadeau en son nom pour l'anniversaire de sa mère, il m'a répondu : « Ne t'inquiète pas, je lui offrirai le ciel. »

J'ai en permanence sur moi une photo qui nous réunit dans le jardin de la maison de Dakar. Je suis alors un enfant de trois ans, enjoué, blond, les cheveux presque blancs, assis par terre en face de son grand-père dont la seule concession à la chaleur est d'avoir laissé tomber sa veste. Il garde son gilet, où se loge sa montre à gousset en or dans une petite fente latérale. Détruit, le bas de son visage n'exprime rien d'autre que la désolation mais restent les yeux, des yeux écarquillés, émerveillés. À quelques centimètres près, l'obus qui l'a défiguré aurait pu lui prendre la vie et la mienne en suivant. La gratitude qu'il a pour cette inflexion du destin, on la lit dans son regard. Lui qui n'avait pas pensé survivre à cinq ans d'hôpital, lui qui n'imaginait pas que ce visage torturé pourrait plaire un jour à une femme que ses blessures, ses lèvres amputées, lui interdiraient d'embrasser.

Entre la guerre d'Irak et ma discrète assistante dont j'ai parlé plus tôt, victime par hasard d'un attentat auquel elle a survécu, se dessine le chemin sinueux d'une destinée dictée par d'autres dans l'ombre de leurs intérêts parfois difficiles à déchiffrer. À qui profite le suicide d'une civilisation en 1914 ? Aux industriels de l'armement plus qu'aux poilus des tranchées dont la haine pour l'ennemi a été soigneusement fabriquée. Qu'est-ce que la Grande Guerre peut envier à celle qui lui succède, ou à la terreur qui nous frappe aujourd'hui ? Rien, désespérément rien, et contre cela toutes les commémorations, tous les monuments aux morts ne peuvent rien non plus.

De la jeunesse de mon père que je n'ai évidemment pas vécue, il me reste une scène que j'ai filmée des milliers de fois dans mon esprit parce qu'il me l'avait rapportée : mon père marchant dans la rue, deux béquilles sous les aisselles pour suppléer ses jambes meurtries, traversant la rue pour éviter la devanture et les effluves d'une boulangerie dans laquelle il n'avait pas les moyens d'entrer. Je l'imagine, son pardessus recouvrant son torse de gladiateur développé pour compenser son handicap, son pantalon ample pour dissimuler sa jambe à jamais dévitalisée, dévalant à grands coups de béquilles une rue humide et froide, traversant à vive allure pour éviter cette odeur de pain chaud qui a réinvesti les boulangeries dans ces premiers mois où le rationnement a été supprimé. C'est moins qu'un film, moins qu'un court métrage, une seule scène pour laquelle je sais instinctivement où je mettrais la caméra, comment j'alternerais les plans larges et serrés et quelle focale j'utiliserais dans cette rue, obligatoirement en pente dans mon esprit, alors que rien n'indique qu'elle l'ait été.

J'ai de lui une photo qui ne quitte pas mes intérieurs, prise en Afrique, elle aussi. Il se tient dans la brousse, près de sa jeep, dans des vêtements de toile légère qu'on imagine couleur sable car la photo est en noir et blanc. Il porte un chapeau et regarde l'horizon qui se couche pour appeler une autre vie à se lever, celle des prédateurs nocturnes. Tous ceux qui l'ont vue me parlent de sa ressemblance avec James Dean. C'est bien lui mais en moins fragile car il y avait chez le jeune acteur prématurément disparu un désespoir qu'on ne lit pas sur le visage de mon père, tout à la foi d'avoir réussi à transcender la fatalité. Mais la foi, l'autre foi, a disparu aussi soudainement que l'a surpris la maladie en lui foudroyant les jambes. S'y ajoute un anticléricalisme presque politique, une profonde méfiance envers les serviteurs de Dieu dont il méprise l'onctuosité. Il s'interroge sur les raisons intimes de leur réclusion dans une dévotion qui semble moins portée à donner aux autres qu'à échapper à soi-même. Il ne vivra pas assez longtemps pour que viennent à lui, en pleine lumière, les scandales de pédophilie qui ont ruiné l'image de l'Église, laquelle, non contente de les occulter, a délibérément protégé ceux de ses ministres qui ont assassiné des milliers d'enfances dans une internationale de l'ignominie criminelle en bande organisée.

Mais Dieu n'y est pour rien, pas plus qu'il n'a voulu le célibat des prêtres, refuge d'une sexualité aux macérations diaboliques. Le nom de O'Dugain s'est d'ailleurs formé au début du XIe siècle dans une communauté de prêtres héréditaires vivant sur la petite île d'Enniskillen sur le lac McNean. L'île, si elle appartient aujourd'hui à l'Irlande du Nord, repose sur la frontière entre les deux Irlandes, celle héritée de la colonisation et celle héritée d'un long combat pour la liberté.

À cette époque, je travaillais dans une entreprise où je m'ennuyais. Je parle de cet ennui produit du désordre des êtres et des choses guidés par la seule vie matérielle et ses contingences déprimantes. Comme le personnage de Harry dans *Le Démon* de Selby Jr., je prenais des libertés en disparaissant à l'heure du déjeuner.

Mon père venait de subir une intervention chirurgicale apparemment sans suite et son meilleur ami, un ancien médecin militaire reconverti dans la biologie, était venu lui rendre visite. Ce dernier m'avait ensuite appelé pour me proposer qu'on déjeune ensemble. À aucun moment, je n'ai soupçonné ce qu'il avait à me dire, ce qu'il a fait profondément peiné, connaissant les liens qui m'unissaient à mon père. Le pronostic était au mieux de six mois. Dans six mois de là, je ne verrais plus la silhouette bancale de mon père qui chaloupait en s'appuyant sur mon épaule. Comme pour mon grand-père maternel avant lui, l'injustice de la sentence me parut aussi dramatique qu'absurde.

Sans l'avoir lu, mon père avait l'humanité et les manières de Tchekhov. Au soir qui précéda sa mort, à l'étage élevé de l'hôpital universitaire de la ville, il demanda qu'on trinque à sa disparition prochaine et à cette famille, la nôtre, qu'il avait tant aimée. On sabla le champagne sous le regard médusé de la surveillante. Il porta sa coupe contre ses lèvres cartonnées par la maladie et la reposa, épuisé. Nous entrions dans une longue agonie. Sa résistance physique lui avait permis de tenir bien au-delà du terme prévu, qu'il avait dépassé d'un an. Mais cette fois, c'était bien la fin. Une nuit à une semaine, selon le chef de service qui mesurait sa douleur accablé. Le praticien et mon père avaient tissé des liens, tous deux scientifiques accomplis et reconnus.

À l'heure de la relève, l'étage se vida. L'aumônier de l'hôpital vint rendre visite à mon père, mais à peine entré, il en sortit comme un colporteur promptement remercié. Je lui succédai dans la chambre. Mon père, éreinté, regardait devant lui, à travers une grande fenêtre obstruée par une nuit pluvieuse de mars. Son regard fixait une lumière. Je me suis assis près de lui et j'ai osé : « Des nouvelles de Dieu ? » Il a tourné la tête en souriant et a répondu d'une voix blanchie par la fatigue. « Aucune, et il n'y en aura pas. » Puis il a sombré dans des douleurs inimaginables, celles d'un corps assailli par des dizaines de tumeurs assassines. La vue de son calvaire m'est apparue soudainement insupportable et je l'ai laissé seul avec mon frère. J'étais là dans le couloir, dans un de ces petits salons aménagés pour les familles de malades – quelques sièges plastifiés, une table recouverte de revues usées à force d'être négligemment feuilletées par des hommes et des femmes incapables de se concentrer – lorsque j'ai vu surgir une silhouette familière, celle d'un grand type costaud à la longue crinière blonde. Je n'en revenais pas de le voir là et lui non plus de me croiser dans cette antichambre de la mort. Depuis quelques mois il était mon partenaire de tennis, mais nous ne savions rien l'un de l'autre. À aucun moment je ne l'avais imaginé interne des hôpitaux. Et pourtant il était bien là, engoncé dans une blouse blanche trop étroite pour sa carrure, seul en charge de l'étage à cette heure avancée de la nuit. Je lui recommandai mon père. Quand il sortit de sa chambre, je le trouvai désemparé devant ses douleurs contre lesquelles apparemment la morphine ne pouvait plus rien. Quand il eut fini sa tournée, il vint me rejoindre et s'assit près de moi dans le couloir désert. Nous étions côte à côte.

— Combien de temps ?

Il me fit la même réponse que son patron. La nuit dans le meilleur des cas, quatre ou cinq jours dans la pire des hypothèses à laquelle la forte constitution de mon père le prédisposait. Nous sommes restés muets ensuite. Je le sentais affligé. Je lui parlai longuement de mon père, de l'homme qu'il avait été, de son parcours, de son courage. Il me regardait ému. Je lui parlai de l'hôpital des Enfants malades à Paris où il avait suivi une partie de sa scolarité entre deux opérations de la moelle épinière. Puis je conclus qu'il ne méritait pas ce calvaire, cette longue chute dans le vide et dans la douleur.

La lumière qui nous entourait était la pire de toutes. De longs néons se projetaient sur des murs couleur d'urine, donnant aux visages des teintes bleues comme en reflètent les huisseries métalliques.

Il avait entendu ma demande que j'avais conclue par « Il ne mérite pas cela ». Il respira profondément pour me répondre qu'il n'en avait pas le droit.

— Le droit, bien sûr. Mais je ne te parle pas de droit, je te parle d'un homme.

Alors qu'il ne s'y attendait pas, j'ai ajouté sans la moindre menace dans la voix :

— Si tu ne m'aides pas, je me débrouillerai tout seul mais il n'y aura pas d'autre jour, pas d'autre nuit, lui torturé par la mort qui vient et nous, les bras croisés, dans l'attente.

Il s'est levé sans rien dire, avant d'entreprendre un tour de ses malades, puis il est revenu me voir. Il avait demandé l'accord de mon frère. Je suis rentré dans la chambre de mon père une dernière fois pour l'embrasser de son vivant et lui dire combien je l'aimais. Je suis ressorti un peu plus tard pour laisser le champ libre à l'interne. Nous n'avons parlé de rien. Il est entré à son tour dans la chambre puis il en est sorti, a posé la main sur mon épaule. Je me suis senti incroyablement soulagé que mon père ne voie pas le jour et ses fausses promesses.

Au petit matin, alors que la surveillante d'étage venait de lui apprendre la mort de mon père, l'interne a quitté sa blouse blanche, et il a pris la direction des ascenseurs en me saluant d'un petit signe de la main. Nous ne nous sommes jamais revus. J'imagine qu'il a continué à jouer au tennis sur les courts près de l'hôpital où j'avais aussi mes habitudes. Mais après la mort de mon père, j'ai quitté la région pour n'y revenir qu'épisodiquement.

Il m'est venu par la suite l'idée de faire de cette histoire particulière un film. J'imaginais ce jeune homme que j'avais été retraçant pas à pas à son interlocuteur la vie de son père, cette vie qui se terminait dans des souffrances inutiles, banalement, alors qu'elle était celle d'un homme exceptionnel, l'expression même de la volonté parvenue à vaincre la pauvreté et la maladie. Celle aussi d'un physicien émérite et d'un père remarquable. Cette scène m'a inspiré plusieurs projets de films mais je ne me suis jamais décidé à les écrire. Les histoires les plus personnelles, les plus intimes, macèrent dans des recoins de ma mémoire après avoir traumatisé mon inconscient. Je n'ai aucune vraie volonté de les exhumer, de les livrer au public, de les éclairer d'une subjectivité excessive. Je ne parviens pas mieux à les dissimuler, à les maquiller, à les transformer dans d'autres histoires. Avec le temps, elles s'enfouissent dans le sable et j'ai de moins en moins le courage de les en sortir.

L'histoire de mon grand-père, le grand défiguré du chemin des Dames, appartenait autant à l'histoire collective qu'à la mienne. J'avais juste l'intention d'écrire un scénario à ce sujet. Mais n'en connaissant pas les codes, j'ai rédigé un petit livre. Son étude en milieu scolaire est la seule gloire que je retire de ma carrière littéraire et cinématographique.

Un jour, invité par une radio belge, j'ai eu une passe d'armes assez violente avec un intellectuel, sociologue ou philosophe, qui revendiquait le principe de l'inutilité de la littérature, affirmant qu'elle n'était jamais aussi belle que quand elle était vaine. Je crois profondément le contraire. Reconstruction a posteriori par la fiction du réel, la littérature explore le sens, la signification dissimulée, comme si elle mettait à nu une personne lourdement habillée pour cacher ses formes. Elle échoue, quand elle est obsédée par la narration de « petites histoires personnelles », comme disait Deleuze, de petites histoires sans perspective universelle. Un personnage ne vaut que ce qu'il doit à l'humanité tout entière.

Les plus grandes œuvres de la littérature sont difficilement adaptables. Elles n'entrent pas dans les codes du cinéma qui peine parfois à atteindre leur profondeur intellectuelle et sensible. Elles creusent trop loin dans l'âme pour qu'un film parvienne à la figurer, à la représenter. Tchekhov, Proust, Musil, Albert Cohen ou plus récemment Sebald sont ce genre d'auteurs auxquels le cinéma n'apporte rien. Pourquoi adapter un livre parfaitement réussi qui a l'avantage de laisser à son lecteur la liberté de son imaginaire alors qu'une fois à l'écran, il sera bridé par la représentation qui en est faite ?

Les films remarquables s'inspirent souvent de livres peu reconnus. Le *Barry Lyndon* de Stanley Kubrick est plus installé dans l'histoire du cinéma que ne l'est le roman de William Thackeray. Ce dernier s'est effacé derrière Dickens et le suit dans l'ombre de la postérité du XIXe siècle. De petits polars font de grands thrillers, des livres obscurs servent de socle à des films lumineux. L'expérience cinématographique se doit d'aller au-delà de la littérature, comme le fait par exemple Terrence Malick même si parfois il donne un sentiment de maniérisme, en particulier dans son travail récent.

Pour adapter un livre de la qualité de celui de Chantal Thomas, il faut accepter de s'en affranchir, accepter qu'une subjectivité, la mienne cette fois, vienne s'introduire dans une œuvre déjà aboutie. Ce n'est possible que si l'auteur accepte cette transformation et que celle-ci intervient, de la part du cinéaste, dans un respect profond du travail de l'écrivain. C'est la raison pour laquelle je souhaitais Chantal près de moi, au moins épisodiquement, pendant l'écriture du scénario. Je ne voulais pas qu'en tenant la plume, je m'écarte involontairement des raisons profondes qui l'avaient conduite à écrire son livre, sachant, comme je l'ai dit, que j'étais incapable d'analyser les raisons qui m'ont moi-même conduit à son adaptation. Nos sensibilités s'accordaient, nous en avons été persuadés dès le début de notre collaboration, et je n'ai pas le souvenir qu'une seule discussion nous ait opposés durant ce long parcours.

Chantal Thomas a une façon toute particulière de s'approprier l'histoire. Chercheuse au CNRS, elle l'oublie quand elle écrit. Sa proximité avec l'histoire n'entrave pas sa liberté, particulièrement inaliénable chez cette disciple de Barthes. L'histoire ne peut la contraindre à rien, surtout pas à se détourner de cette transversalité émotionnelle qui la guide dans le dédale de l'intimité des têtes couronnées, dont elle explore la modernité avec une foi inébranlable pour en tirer des enseignements. Pour les révéler.

L'Histoire, la grande, naît d'une fiction écrite par des gens qui y ont un intérêt. Et elle a été longtemps enseignée par des personnes qui partageaient cet intérêt. Pour revenir au réel, il faut le travail assidu et scrupuleux des chercheurs. Sauf que le résultat de leur entreprise ne touche et ne concerne souvent que leurs pairs, à cause de cette manie universitaire qu'ils ont de s'inscrire essentiellement dans le regard de leurs semblables. C'est donc à la fiction de rectifier l'histoire officielle auprès du grand public, en s'adressant non pas à son cortex cérébral mais à son cerveau émotionnel.

Je me souviens d'une conférence internationale sur la guerre de 14-18 à laquelle j'avais été convié. De grands historiens d'universités prestigieuses s'étaient succédé, en présentant leurs travaux sur les causes objectives de cette boucherie qui, au-delà de l'attentat de Sarajevo, s'enracinaient dans les rapports de force entre les grandes puissances industrielles de ce début de siècle. Quand finalement on m'a donné la parole, j'ai loué la précision de leur travail en leur faisant remarquer qu'il y manquait selon moi une toute petite chose : expliquer comment une civilisation a pu, au vu de prétextes fallacieux, se jeter dans une telle tuerie avec si peu d'individus pour crier « Ça suffit ! ». Qu'y a-t-il de si noir, de si désespérément obscur chez l'être humain pour qu'un massacre de cette ampleur ait eu lieu et qu'on l'ait drapé de dignité dans notre histoire au point de le nommer la

« Grande Guerre » ? Quelle bête sommeille, tapie dans les recoins de nos âmes, pour que ce conflit qu'on a injustement scindé en deux guerres mondiales ait pu durer trente ans pour conduire finalement à la quasi-extermination d'une communauté, la communauté juive, qui a tant contribué à notre civilisation ? À cela, nous le savons tous, aucune réponse n'est vraiment satisfaisante car elle concerne cette part insaisissable de l'être humain que les romanciers tentent d'approcher inlassablement sans jamais complètement y parvenir.

Ce fourmillement d'âmes qui échappent à la rationalité dans laquelle l'histoire essaye de les enfermer, Chantal se délecte tout autant que moi à le sonder. C'est certainement ce qui nous a réunis en premier lieu. Et c'est ce qui nous a guidés dans cette ambition de figurer un épisode de l'histoire qui a failli nous conduire à une de ces guerres fratricides auxquelles les princes nous ont habitués jusqu'à Guillaume II, le plus mal-aimé des cousins d'Europe, dont la revanche sur sa grande famille nous a valu 18 millions de morts. Cause apparente du moins, car comme on l'a dit, les vraies raisons de ce que Céline, méprisable génie, a qualifié si justement « d'abattoir national » étaient ailleurs.

Le jeu qui se déroule dans le tréfonds de nos psychologies, où bataillent silencieusement le bourreau et la victime, nous fascine. La formation de chercheur universitaire de Chantal pourrait laisser penser qu'elle aborde l'histoire avec la précision du chirurgien alors que sa dimension spirituelle semble seule motiver son travail de romancière. Elle s'autorise à la triturer, à la malaxer pour finalement la caresser comme peu trouvent l'originalité de le faire aujourd'hui.

Il est devenu vite évident que nous devions écrire le scénario ensemble, même si l'exercice est compliqué pour un auteur lorsqu'il n'est pas lui-même le réalisateur du film, car cela suppose une lente dépossession de son roman, liée à la nature du réalisateur d'abord, puis aux différentes contraintes techniques et financières qui encadrent un film. De ce point de vue, un film n'est pas une œuvre aussi libre que l'est un livre. Le défi qui en résulte doit être pris comme un jeu et Chantal s'y est remarquablement pliée. Dans le livre, j'avais trouvé un équilibre de force et de présence entre chacun des deux enfants et des deux adolescents. Cet équilibre ne s'est pas rompu pendant l'écriture du scénario.

Dans le roman, la petite fille de quatre ans s'exprime comme une enfant de sept ou huit ans, raison pour laquelle j'ai choisi Juliane Lepoureau qui avait justement huit ans mais paraissait plus jeune, et était la seule habitée du talent et de la lumière nécessaires pour jouer la princesse. L'importance respective des rôles se modifie au tournage en fonction de la qualité des acteurs. Juliane Lepoureau est une actrice née. Alors que je craignais que les enfants, et elle en particulier du fait de son jeune âge, demandent plus de prises, ce fut tout le contraire qui se produisit. L'instinct, le talent brut suppléant l'expérience, Juliane, malgré la fatigue et le froid, s'imposa par une intelligence de son personnage et une composition qui laissèrent l'équipe bouche bée. Cependant, en réalisant le film, inconsciemment, sans que ce soit le résultat d'une volonté délibérée de lui donner plus d'importance, le personnage de Louis XV s'est retrouvé renforcé dans sa mission de « fil narratif » et l'échange des princesses s'est révélé être aussi, comme on l'a dit, la naissance d'un roi.

Avec Chantal, nous n'avons pas décortiqué le livre, nous nous sommes promenés dedans comme nous l'aurions fait dans un jardin classique. Il n'y a pas de création sans références et au cours de l'écriture d'un scénario, elles sont tout aussi décisives que l'imagination propre des auteurs. Le *Barry Lyndon* de Kubrick revenait souvent dans la conversation comme à la fois le modèle à suivre et à éviter. Je pensais pour ma part aussi beaucoup à *L'Anglaise et le duc* de Rohmer, un film au charme infini et d'une grande originalité, à *Raison et sentiments* d'Ang Lee, à *Royal Affair*, très proche de ce qui nous occupait mais que je trouvais un peu trop moderne dans ses objectifs, sans oublier un de mes films en costumes préféré, *Les Duellistes*, le premier film de Ridley Scott, bien avant que ses ambitions ne deviennent essentiellement commerciales. Ce film du réalisateur anglais était adapté d'une nouvelle de Conrad qui s'était lui-même inspiré de la haine entre deux officiers des armées napoléoniennes, histoire dont il avait trouvé la trace apparemment lors d'un séjour en France dans cette région du Périgord où a été tourné le film. Et il s'avère que par le plus grand des hasards, alors que j'avais une vingtaine d'années, je me suis retrouvé incidemment sur le tournage de ce film à petit budget, au milieu des terres et des villes de mon adolescence. Chacun des lieux choisis m'était intimement connu. Ces brefs moments sur le plateau n'ont suscité chez moi aucune vocation. Visiter les arrière-cuisines d'un restaurant ne dit rien des charmes de la dégustation. À voir déambuler tous ces techniciens préoccupés, ces acteurs si distants de leur personnage une fois leur scène jouée… cela m'a rappelé Philippe, mon cousin disparu aux premiers jours de l'épidémie du sida, second violon dans un orchestre national, me racontant les blagues salaces que distillaient les musiciens entre eux juste après l'exécution d'une œuvre majeure, comme si le génie du compositeur avait filé sur eux comme une larme sur une toile cirée. La déception fut encore plus grande lorsque, bien des années après, j'entendis le commentaire de Ridley Scott sur son propre film. Il n'y parlait que d'argent et de contraintes matérielles surmontées, comme si, victime de sa pudeur, il refusait sa contribution à cette œuvre d'art.

Je fus invité une seconde fois sur un plateau de cinéma. Quelques minutes passées au Val-de-Grâce sur le décor de *La Chambre des officiers* que le regretté François Dupeyron mettait en scène méticuleusement. Des lignes blanches avaient été tracées sur le sol pour régler les déplacements des acteurs. J'assistai à une dizaine de prises du même mouvement d'une infirmière qui s'avançait vers ce fantôme aux traits rendus flous par les bandages qu'était mon grand-père. La force de la reconstitution s'exerça sur moi, la guerre de 14 tirée de ma mémoire renaissait au réel grâce au cinéma. Un réel incontestable. La magie opéra parfaitement et même si les acteurs n'avaient rien à voir avec le souvenir des personnages que j'avais fréquentés, ils revivaient tout de même dans cette courageuse incarnation. Devant moi, le théâtre de cette humanité meurtrie s'animait. Nous étions dans les lieux mêmes où mon grand-père maternel avait échoué à demi mort pour ne plus les quitter pendant cinq ans. Cinq ans durant lesquels il vécut le martyre de plus d'une dizaine d'opérations qui ne parvinrent pas à lui redonner visage humain. Lui qui partit à la guerre avec des traits parfaits ne se doutait pas qu'il y laisserait son identité visuelle. Enfant, je le considérais comme un héros. Les années passant je ne l'ai plus vu que comme une victime, la victime d'une folie collective.

Le désenchantement qui succède à l'émerveillement de l'enfance n'a pas surgi d'un coup chez moi. Comme je l'ai dit plus tôt, il s'est construit lentement, notamment dans le regard que je portais sur mon grand-père. Les forces de la destruction qui couvent chez l'homme guettent sans cesse l'opportunité de s'épanouir brutalement. Circonstances historiques, sociales, elles sont constamment sous la pression de lourds intérêts qui voient dans la guerre un moyen radical de relancer leur expansion. La force du conditionnement est la principale faiblesse de l'homme. On le moule, on le modèle indéfiniment par des mécanismes plus ou moins conscients qui s'insinuent si profondément qu'on peut légitimement se poser la question de savoir si l'être pensant en nous est véritablement doué de liberté. Plus les années passent, plus j'en doute, plus la pression du formatage me paraît aussi subtile que puissante. Le libre arbitre s'étiole par la diminution mathématique du temps disponible pour penser.

Le héros de *La Chambre des officiers* en était la manifestation probante. Mon grand-père était issu d'une petite-bourgeoisie provinciale, mère d'origine allemande, père français, régisseur du château de Maretz – un édifice appartenant à la société des eaux, détruit depuis. J'en ai vu quelques anciennes photos qui dévoilent une bâtisse impressionnante. C'est là qu'Eugène s'épanouit à la fin du XIXe siècle. La dernière guerre remonte alors à une trentaine d'années, en 1870, et elle s'est achevée par une défaite humiliante qui a valu à la France de s'être fait soustraire l'Alsace et la Lorraine. Les instituteurs agissent à ce moment-là comme le bras armé d'un conditionnement profond qui appelle à la vengeance contre un ennemi devenu héréditaire en quelques décennies.

L'État-nation a fleuri dans toute l'Europe au cours du XIXe siècle et les plus récents à s'être formés, comme l'Allemagne et l'Italie, se retrouvent du même côté dans la guerre, mus par une ardeur nouvelle. Le prosélytisme avec lequel nous avons promu cet État-nation, particulièrement au moment de la décolonisation, quand des diplomates anglais et français ont tiré des lignes plus ou moins droites sur des cartes du Moyen-Orient, intimant à des populations de croire à cette fiction, est pour une grande partie la cause de l'instabilité chronique de cette région qui essaye vainement de se configurer sur de nouvelles bases. La Syrie comme l'Irak, ces inventions récentes, n'ont de légitimité comme entités territoriales que pour les intérêts qu'elles servent, ceux de minorités qui pratiquent la confiscation comme un art sous l'œil bienveillant de faux mécènes occidentaux.

Ce que les jeunes hommes de l'âge d'Eugène ne mesurent pas très bien dans les années 1910, c'est la puissance de destruction qu'ont acquise les nations industrielles européennes. Son départ à la guerre ressemble à celui d'une partie de chasse. Un moment de détente entre hommes loin des femmes. Aucun des jeunes conscrits n'a idée de l'horreur qui les attend. Tous en seront saisis, et la plupart d'entre eux s'obstineront dans cette boucherie internationale sans précédent. Ceux qui molliront seront fusillés à moins qu'ils n'aient sombré dans la folie, ultime refuge contre la psychose collective qui se veut être le chemin de la raison, de la résolution d'un conflit qui ne peut se terminer autrement que par une défaite de l'humanité.

On a déjà mentionné Céline. J'ai rencontré un médecin qui avait eu l'occasion au tout début de sa carrière de faire des remplacements pour lui, également docteur. Il me l'a décrit comme un homme d'une grande générosité. Comment quelqu'un ainsi prédisposé à l'amour de l'humanité a-t-il pu sombrer dans les horreurs qu'il a écrites contre les juifs, accompagnant de ses bêlements le troupeau de l'antisémitisme commun ? La peur, la peur rétrospective de cette guerre qu'il a si bien relatée. Une peur confinant à la terreur, comme chez le caporal Hitler, à la psychose paranoïaque, à laquelle s'est ajoutée l'humiliation de la défaite, encore aggravée par les accords de Versailles. Le pacifisme de Céline, motivé par la crainte du retour à la démence collective dont il ne s'est pas remis, l'a paradoxalement précipité dans une idéologie sacrificielle immonde, celle du bouc émissaire. Ce fut là la limite de son intelligence, incapable de résister à la violence de son traumatisme psychologique, et faisant de cet être exceptionnel un monstre ordinaire.

Eugène est parti à la guerre de bon cœur, il en est revenu broyé. Il n'avait d'autre issue que de croire que son sacrifice avait été utile, comme si la remise en question du conditionnement qui l'avait conduit à une telle tragédie représentait un effort insurmontable. Il ne veut plus de guerre, il s'accroche à l'idée qu'il appartient à cette humanité qui s'est sacrifiée pour l'éradiquer. Mais « la der des der » ne le sera pas. La suivante, qui n'est que la continuation de la précédente, achèvera de nous convaincre que le paroxysme de l'horreur qu'on croyait avoir atteint pouvait être dépassé, comme s'il n'existait aucune limite au mal. Notre capacité à le faire me laisse désemparé. C'est de là que vient cet intérêt proche de l'obsession que j'ai pour les individus subitement plongés dans les affres de la grande histoire qui ne fait pas plus cas d'eux qu'une vague géante qui les roulerait avant de les rejeter désarticulés sur une plage.

Il en va de même pour ces enfants que j'ai filmés. Ils sont à la fois la grande histoire et les victimes innocentes de celle-ci car au XVIIIe siècle les enfants, tout autant que les femmes, sont bafoués quand ils survivent aux multiples épidémies qui les emportent à tour de rôle. Il faudra une longue évolution pour que l'enfant soit tout simplement aimé. Il a longtemps été considéré comme, au mieux, un encombrement, parce qu'il faut le nourrir sans contrepartie immédiate et que cet investissement est souvent contrarié par la mortalité infantile. Plus fragile, facilement infecté, il est aussi vecteur de maladies et les adultes s'en éloignent en le confiant aux nourrices ou plus généralement aux femmes. Si l'affection est présente, elle est estompée par les conventions et par la crainte de vains attachements. Les mâles qui assurent la pérennité du nom et de la lignée sont préférés aux filles qu'il faut doter si l'on veut les marier.

Ce n'est que très récemment que l'enfant a cessé progressivement en Occident d'être rattaché à la notion d'intérêt. Intérêt de la lignée chez les riches, futur soutien de famille chez les pauvres. Il est aujourd'hui majoritairement l'objet de toutes les attentions, pour ne pas dire sacralisé. Avec Freud et tous les développements de la psychologie qui l'ont accompagné, il est devenu central, et l'on sait désormais que l'enfant qu'on a été détermine l'adulte que nous sommes. C'est là que naissent les plus flagrantes inégalités qui ne sont pas exclusivement sociales. Un enfant aimé dans un milieu pauvre a plus de chances de s'en sortir qu'un enfant méprisé dans une famille riche. La question du déterminisme lié aux circonstances de ces premières années de la vie est fondamentale et à ce titre passionnante.

L'éponge restitue généralement ce qu'elle a absorbé. C'est particulièrement vrai chez l'homme, car son subconscient est une forteresse où règnent des forces tyranniques qui prétendent exercer leur dictature sur la conscience. Deux exemples me viennent en tête. Un de mes grands amis d'enfance vivait à la campagne au sein d'une famille modeste, sans problème. Un jour, alors qu'il est attablé dans la cuisine de la maison entouré de sa mère et de ses frères et sœurs dont la dernière qu'il porte sur ses genoux, son père fait irruption un fusil à la main, les yeux exorbités. Il prétend avoir découvert que sa femme le trompe. Elle se défend mollement. Il la vise et tire. La femme est décapitée, sa tête roule sur carrelage devant ses enfants sidérés. Le père écope d'une peine de vingt ans. Les enfants sont disséminés dans des familles d'accueil. Gilbert, mon ami, l'aîné, a alors huit ans. Tout le prédestine à devenir un adulte difficile. Il n'en sera rien. Un abbé le prend sous sa coupe et lui donne toute l'attention, l'affection qu'il mérite. Alors que je souffre d'un déficit de mémoire des noms et des visages, le nom de l'abbé Trougnac ne m'a jamais quitté. Gilbert fondera une famille et élèvera deux enfants avant de mourir prématurément d'un cancer du poumon lié à un tabagisme causé par une profonde angoisse, tapie au fond de lui-même, dont rien ne filtrait jamais. On peut pourtant sans se tromper dire que Gilbert avait toutes les chances de mal tourner.

Edmund Kemper, à qui j'ai consacré un roman que j'ai écrit en partant sur ses traces aux États-Unis, aimait beaucoup son père, un géant comme lui, héros des forces spéciales pendant la guerre. L'homme a participé à la prise sanglante de Monte Cassino dont les protagonistes ont refusé ensuite pour la plupart de parler, tant l'affrontement avec les Allemands fut terrifiant. Malgré tout, cet homme au courage incontestable, ce héros, est bafoué par sa femme, la mère de Kemper dont il apparaîtra qu'elle nourrit une haine profonde pour les hommes. De ses trois enfants, Edmund est le dernier et le seul garçon. Elle le traite différemment de ses filles, nie son existence, l'enferme dans une cave près de la chaudière et pose son fauteuil sur la trappe qui la referme. Le père qui a fui le domicile familial s'est remarié en Californie, loin du Montana, avec une femme qui ne veut pas entendre parler de ses enfants. Envoyé chez ses grands-parents, Edmund prend très vite sa grand-mère en grippe. Cette inimitié, on le comprendra plus tard, se nourrit d'une prise de conscience du jeune Edmund. Si son père était aussi faible devant sa femme c'est tout simplement parce que celle-ci lui rappelait sa propre mère, une femme également autoritaire qui a longtemps exercé un pouvoir sans partage sur son fils et son mari, un homme effacé, servile selon son propre petit-fils. Confié à la garde de ses grands-parents, Edmund découvre la genèse du schéma familial qui l'a conduit à fuir sa mère et son profond mépris. À quinze ans, il abat sa grand-mère d'un coup de fusil dans le dos alors qu'elle le réprimande à haute voix, tout en illustrant un livre pour enfants. Puis il abat son grand-père, le soumis, pour lui éviter de survivre désemparé au lien d'esclavage qui le liait à sa femme.

Interné dans une institution psychiatrique pour mineurs, Edmund, dont on découvre que le quotient intellectuel est supérieur à celui d'Einstein, parvient à analyser, à comprendre les raisons de son acte. Mais compréhension ne veut pas dire guérison. L'intelligence peine à percer le mur de l'inconscient, ce blockhaus qui résiste à tous les assauts d'une pensée logique. Relâché, Edmund reprend une vie sociale très en dessous de ses capacités mais aide la police locale de Santa Cruz à appréhender un tueur en série qui sévit dans la région. Contre l'envie de tuer qui monte en lui, le jeune homme ne peut rien. Sa mère, en le détruisant socialement, lui a interdit de prétendre à l'amour des jeunes filles de familles aisées. Alors il les tue. Puis, comprenant que ces crimes atroces ne lui amènent aucun repos, il décide de s'en prendre à la cause de son malheur, cette mère abusive et alcoolique qui l'a martyrisé de son mépris. Après l'avoir suppliée de lui expliquer les raisons de son hostilité à son égard, devant son refus de parler, de communiquer, il la tue à coups de marteau, la décapite et joue aux fléchettes avec sa tête avant de se livrer à un rituel que je n'ai pas osé relater dans mon roman.

Edmund avait-il plus de raisons de devenir un tueur en série que mon ami ? À première analyse on répondrait par la négative sauf si l'on considère que les enfants peuvent beaucoup endurer à la seule condition qu'ils se sentent aimés. Ce qui ne fut pas le cas d'Edmund. Après l'assassinat de ses grands-parents, son père n'a plus jamais voulu le revoir ni lui parler. La boucle fut ainsi bouclée. Livré à la seule autorité d'une mère haïssante, comment pouvait-il restituer à la société autre chose que ce qu'elle lui avait fait endurer ?

De nombreux enfants ont croisé des hommes d'Église sur leur chemin, parfois pour leur plus grand malheur. Souvent les prêtres qui les ont abusés l'ont été eux-mêmes ou ont choisi la prêtrise pour y dissimuler parfois, en espérant la guérir, une sexualité aussi malade que tyrannique. Mon ami aurait rencontré un prêtre de cette sorte-là plutôt que l'abbé Trougnac, il n'aurait certainement pas été ce garçon affectueux et fidèle que j'ai connu mais peut-être un de ces monstres qui fascinent le grand public.

Si l'être humain a des instincts, ils occupent dans son conditionnement une place moins importante que chez d'autres espèces. La part de lui-même qui se joue par le modelage de sa psyché pendant son enfance est primordiale, essentielle, incontournable. La littérature, pour beaucoup, est un long cheminement dans les méandres de cet apprentissage tellement impératif que l'homme adulte, qui voudrait faire croire à sa volonté, n'est que le ventriloque de cette enfance qui influence tout ce que l'instinct et la génétique ont laissé de place, autant dire un espace considérable.

Mon père, parce qu'il avait réussi à surmonter la maladie grave dont il avait été la victime, considérait la volonté comme une qualité au-dessus de toutes les autres. Nous entretenions de longues discussions sur le sujet où je réfutais l'idée que la volonté était en quelque sorte une expression de la qualité d'un individu en dehors du contexte psychologique qui avait été celui de son enfance. Mon père tenait sa volonté du respect et de l'admiration que ses propres parents avaient pour lui et qu'il avait pour eux. Aurait-il vécu une enfance méprisée, il n'aurait pas trouvé la force de s'extraire de cette pauvreté qui n'a jamais altéré sa dignité.

Orphelin sans frère ni sœur, le jeune Louis XV était voué à la dépression. Si elle le guette, le tente, elle est tenue en respect par l'environnement du prince et par l'amour de Mme de Ventadour, sa gouvernante. La psychologie est loin d'avoir acquis ses lettres de noblesse au XVIIIe siècle mais, à y regarder de près, l'addiction aux femmes que révélera plus tard, bien après l'époque où se situe le film, le roi Louis XV, faisant fi des avertissements de l'Église sur son comportement scandaleux, montre tous les signes de la névrose obsessionnelle comme rempart contre la dépression. Cette calcification de l'âme liée à l'inconscient, dont la duplicité suffit à nous précipiter sur des ennemis imaginaires ou à nous réfugier dans d'illusoires compensations, est un sujet sans fin, donc littéraire par essence.

Depuis quelques années, le tournant de l'individualisme à tout crin, véritable marché organisé, donne un sentiment de liberté individuelle inégalé dans l'histoire de l'humanité. Et pourtant notre dépendance aux autres n'a jamais été aussi forte derrière le paravent de nos égoïsmes. Avec l'avènement de la révolution numérique, les forces du conditionnement dépassent en puissance tout ce que les idéologies totalitaires ont essayé d'imposer de manière autoritaire. Précipité dans l'impatience, dans l'impulsion, dans la sollicitation impérative, le producteur-consommateur se prépare à quitter définitivement le champ de la conscience critique pour s'enfoncer dans l'univers réconfortant de la satisfaction immédiate de tout désir et de la fin programmée de la peur.

Je sais où se loge mon goût de l'histoire, la grande, universelle, celle d'une espèce contradictoire, capable de grandeur comme de bassesse, vive, brillante autant qu'éteinte, étriquée, capable de ferveur libertaire autant que de soumission, enthousiasmante de curiosité, déprimante de résignation à ses propres turpitudes. Elle débute dans la bibliothèque d'un château moderne qui n'en a pas l'histoire mais les proportions, un vaste domaine ensoleillé logé au plus haut d'un mont, le mont Coudon. La pièce est tout aussi silencieuse qu'elle est enfumée. Ils sont nombreux attablés à jouer aux cartes sans rien dire. Ils viennent de tous les coins de France, appartiennent à des milieux différents, parlent plus ou moins bien selon les blessures qui leur ont été infligées. Ils ont tous en commun d'avoir été défigurés, souvent atrocement. Elles sont âgées maintenant, ces gueules cassées des guerres mondiales et de quelques conflits coloniaux. Pire que cela, on ne connaît que la mort. Otto Dix les a immortalisés ces visages tordus, ridicules, obscènes. Tandis que j'achève d'écrire ces lignes, il y aura exactement un siècle que finissait ce conflit en désignant des vainqueurs illusoires alors qu'il n'y eut que des perdants par millions. La grande histoire n'est jamais loin de l'individu. Elle le flatte, l'embobine, le recrute, le malaxe, le broie et quand elle daigne le restituer, il n'est plus qu'un pantin incapable d'articuler. Il y eut les bouches bées, les bouches béantes et muettes comme celle de mon grand-père. Et cette méfiance qu'elles ont distillée chez moi pour les mots et leur sens. Je hais les idéologies. Il en va même des a priori, des préjugés et de tous ces rétrécissements du champ de conscience, spectre du conformisme et de la conformité. Louis Jouvet disait : « Je ne connais que la connerie humaine pour me donner le sens de l'infini. » Par chance j'ai de meilleurs moyens de sonder l'infinitude, mais plus je vieillis plus se mélangent tendresse, compassion et profond mépris pour ce que nous sommes.

Enfant, j'apprends l'histoire de l'ancienne façon, celle de la continuité, des dates, des noms, des individus et de leur marque dans un long processus chronologique sans lequel il n'est point de repère. Ce n'est certainement là qu'une approche imparfaite mais elle est nécessaire avant d'organiser toute étude transversale qui ne relèverait plus de faits mais de mouvements que l'histoire officielle s'est longtemps refusée à enseigner. La petite bibliothèque d'histoire de mon père se trouve en grande partie dans ma chambre. Je consulte, je picore, Decaux, Gaxotte, Erlanger et tant d'autres qui racontent l'histoire plus qu'ils ne l'analysent, et la rendent ainsi merveilleuse, comme Alexandre Dumas dans ses romans. Quand je ne lis pas ces historiens des « grands hommes », je les écoute avec ma grand-mère sur France Inter. Louis XIV me fascine, Robespierre me dégoûte, j'y vois déjà cette rage sanglante qui a perverti la plupart des nobles pensées révolutionnaires pour les noyer dans le discrédit des atrocités.

Adolescent, je ne connais de l'histoire que celle des individus remarquables qui sont censés l'avoir produite et je ne découvre que plus tard à travers Hegel et Marx que le cours des événements répond à une autre dynamique que celle du volontarisme de quelques personnalités à qui l'on attribue souvent des mérites hors de proportion.

Aucun individu, aussi charismatique soit-il, ne suffira à nous sauver du naufrage écologique dans lequel nous nous enfonçons. Il y a soixante millions d'années, une météorite percutait le golfe du Mexique. La violence du choc comparable à plusieurs centaines de bombes atomiques conduisit à la disparition de la quasi-totalité des grandes espèces. Seules les plus petites d'entre elles parvinrent à survivre pour donner plus tard, au gré de l'évolution, naissance à l'homme, le successeur des dinosaures comme espèce dominante. La probabilité que nous soyons rayés de la vie dans les quarante millions d'années qui viennent est forte, au-delà même des conséquences de notre comportement destructeur, car il en va ainsi, l'histoire du cosmos est violente, radicale et ne se soucie pas de causalité. *Melancholia* de Lars von Trier est le film qui exprime le mieux cette fatalité.

Français si vous saviez, le film documentaire en trois épisodes de Harris et Sédouy que j'ai vu pour la première fois à la prime adolescence, a été fondateur pour moi de nouvelles perspectives historiques comme l'ont été ensuite *Le Chagrin et la Pitié*, puis *Shoah* de Claude Lanzmann.

La France a un rapport particulier à l'imposture, goût qui s'est particulièrement développé après la guerre où elle s'est reconstruite sur une fausse identité, celle d'une nation résistante. Un déni de la réalité puisque notre pays a majoritairement collaboré avec l'occupant, le point d'orgue étant le zèle avec lequel l'appareil d'État autant judiciaire que policier a aidé les nazis à concentrer la communauté juive en vue de son élimination. Cette honte n'a jamais été exorcisée. On l'a discrètement glissée sous le tapis lorsque de Gaulle a eu le génie d'imposer notre nation du côté des vainqueurs alors qu'au contraire, à l'exception d'une minorité de combattants héroïques, elle avait tout perdu, et surtout son honneur. L'indispensable purge que la collaboration nécessitait a été très partiellement effectuée et les traîtres ont retrouvé en toute impunité le chemin du pouvoir et des honneurs.

Pierre, mon oncle et parrain, authentique résistant décoré par la reine d'Angleterre mais qui a toujours refusé de se prévaloir de ses médailles, m'a prévenu très jeune contre cette France indigne et mensongère pour laquelle il a longtemps nourri un profond mépris, au point qu'il a développé chez moi un esprit exagérément manichéen. Il avait une formule : « Imagine que tu partes à la guerre. Il y a certaines personnes avec qui tu peux y aller en confiance, d'autres qui ne t'autoriseront jamais à rencontrer l'ennemi car elles t'auront tiré dans le dos avant. » Je réalise que cette nomenclature m'a réellement inspiré dans le choix de mes amis, aussi solides que peu nombreux. Arrivé sur la pente descendante de mon existence, je réalise aussi que chez ceux qui me sont proches, la figure du père est essentielle et qu'autour d'elle s'est construit un surmoi solide. Le besoin de ne pas décevoir, de satisfaire, pour ne pas dire d'éblouir, ce père vivant ou prématurément disparu est une constante de ce précieux et rare entourage dont je m'honore et dont j'use discrètement.

Mes amis ont en commun d'être débordés, et de vivre leur métier avec acharnement comme je le fais moi-même dans une course à l'accomplissement qui n'a rien à voir avec le besoin de réussite mais qui touche à une extrême curiosité. Mon aversion pour les distinctions, les récompenses et les prix de toutes sortes ne vient pas d'une vanité moindre que celle de mes semblables mais du fait que je n'ai jamais souhaité forcer l'admiration que d'une poignée de personnes, en tête desquelles mon père, mon parrain et ma marraine Michèle, la mère de Fred Vargas. Une fois les trois disparus, par une forme d'orgueil tout à fait déplacée, j'ai perdu le plaisir à exister un tant soit peu dans le regard des autres.

J'ai pris conscience sur le tard qu'au contraire de mes amis, toutes les personnes qui avaient créé chez moi une profonde inimitié s'étaient constituées sans le surmoi inspiré par un père respectable, à défaut d'être admirable. Au contraire, leur personnalité n'était que défense contre un père absent ou abusif ou encore violent, au point de déstabiliser profondément leur sens moral. Ceux qu'on appelle communément et parfois abusivement les « pervers » partagent une aptitude particulière à l'ascension sociale qui résulte d'un surmoi non constitué les autorisant à fixer eux-mêmes, faute de l'avoir appris de leurs parents, les limites entre le bien et le mal. Ce pouvoir qu'ils ressentent intimement comme absolu les grise et leur autorise toutes les contorsions possibles favorables à leur ascension.

Le pervers narcissique est à la mode car décelé récemment comme infiltré dans toutes les strates du pouvoir, celui des arts ne faisant pas exception. Ce genre de personnalité généralement assez peu confiante dans son talent tend à décider du talent des autres tout en se mettant en situation de force, afin de faire taire les éventuelles critiques sur son propre travail. Mais ces pervers de pacotille ne sont rien à côté des deux grandes figures de l'histoire que j'ai traitées dans mes livres. Je parle de Hoover et de Staline.

Staline est l'expression même de la réussite du pervers dans son désir irrépressible de réussite sociale.

Il a compris ce que l'avènement du bolchevisme lui offrait comme opportunité : confisquer cette révolution philanthropique pour en faire un des grands cauchemars du XXe siècle auquel seules peuvent se comparer la guerre de 14 et les turpitudes du nazisme. Le totalitarisme de Staline n'a rien à voir avec celui d'Hitler car il relève d'une complexion psycho-pathologique différente. L'enfant Staline a souffert terriblement d'un père qui n'était pas son vrai père et qui le battait à coups de nerfs de bœuf alors que son vrai père, un prêtre qui avait engrossé sa mère à l'occasion d'un débordement intempestif de sa sexualité réprimée, s'était bien gardé de le reconnaître. Staline devient lui-même séminariste avant de verser dans les activités révolutionnaires, attiré par cette symbolique qui consiste à se dresser contre une autorité paternelle sacralisée par l'Église et le tsar. Cette révolution, Staline ne s'y engage que pour lui-même. Le pervers est incapable d'empathie et d'attachement à la moindre idéologie, il s'en sert, elle le sert. Le bonheur des masses lui est indifférent.

La mort prématurée de Lénine lui ouvre les allées du pouvoir, qu'il ne conçoit que comme absolu. L'exil de Trotsky son rival, à Mexico, ne lui suffit pas, il envoie ses services secrets l'y assassiner d'un coup de marteau dans la tête. Cette image m'a longtemps poursuivi à partir du moment où elle s'est matérialisée dans le film de Joseph Losey *L'Assassinat de Trotsky*. Ce magnifique réalisateur a été chassé d'Amérique par le pervers Hoover lors du maccarthysme, cette folie paranoïaque d'une nation prompte à combattre la subversion, écran de fumée pour dissimuler un mal beaucoup plus réel, celui d'une société gangrenée par la mafia. En faisant exécuter Trotsky par ses hommes de main, Staline a fait de lui l'icône des regrets, ceux d'une expérience communiste qui aurait forcément réussi si ce misérable Géorgien machiavélique ne s'en était pas emparé pour ses propres desseins. Sur la question de l'humiliation, Staline n'est pas avare et à ce titre on peut le considérer comme l'authentique inventeur de la terreur.

La période de notre Révolution qualifiée par ce vocable, si elle a eu sa part d'arbitraire, obéissait à une certaine logique. La terreur selon Staline requiert une tout autre dimension qui est celle de l'arbitraire absolu au profit d'un seul homme. Tout individu doit s'attendre à être aussi bien félicité que réprimé pour ses actes selon des critères qui échappent à son entendement car le guide suprême fait seul les règles, à sa convenance. Celui qui croit bien faire peut tout aussi bien être récompensé par des honneurs que par la déportation ou par la mort, la décision n'appartenant qu'à Staline.

Les quatre-vingts premières pages de mon roman *Une exécution ordinaire* m'ont servi à décrire ce phénomène qu'on retrouve à l'identique dans les méthodes employées par Daesh. La question n'est pas de tuer les mécréants ou ceux qui s'éloignent peu ou prou de leur propre interprétation du Coran, elle est que chaque individu, où qu'il se trouve, puisse craindre d'être une victime en puissance du pouvoir absolu qu'ils entendent exercer sur les vies.

Ces pages sur la relation de manipulation et de terreur qu'instaure Staline entre lui-même et sa guérisseuse ont convaincu le producteur Jean-Louis Livi d'en faire un film. Nous nous sommes parlé la première fois par hasard à une exposition de tableaux réalisés par David Lynch, le cinéaste dont le film *Mulholland Drive* est une expérience cinématographique peu commune. Sans parler du reste de son œuvre avec laquelle il a imprimé un style d'une grande originalité. Jean-Louis Livi, fils de communiste, a vu, tout comme moi, le pouvoir d'attraction du tyran s'exercer sur les siens. Si les trotskistes ont structuré une grande partie de l'intelligentsia française depuis la fin des années soixante, les staliniens ont longtemps nié l'abus dont ils ont été les victimes, se persuadant de l'action « globalement positive » du vainqueur de Stalingrad dans l'avancée humaine vers plus de partage. Il faut attendre les débuts de la déstalinisation après la mort du dictateur en 1953 pour mesurer l'ampleur de la falsification dont il a été l'auteur. Mon parrain, l'ancien résistant, attendra 1956 et l'invasion de la Hongrie par les Soviétiques pour déchirer sa carte du parti, avant de devenir lui-même un anticommuniste fervent.

Je suis de la première génération qui a succédé à celle de Mai 68 et qui a vu les événements et le formidable espoir qu'ils suscitaient. Du haut de mes dix ans, heureux de cette effervescence qui rendait les adultes plus enjoués et plus accessibles, pour peu qu'on soit né du côté des contestataires auxquels mon père appartenait avec la mesure dont il ne s'est jamais départi. Puis la grande désillusion est venue, avec l'émergence d'un modèle de production et de grande consommation asservi à une avidité et à une cupidité qui ne se sont pas démenties depuis. Ce modèle d'accroissement infini de la richesse matérielle basé sur la loi du marché a triomphé avec la chute du Mur qui a consacré l'effondrement de la prétendue idéologie alternative et de tous ses dérivés. Le communisme a rendu l'âme, éreinté par son inefficacité économique alliée au détournement de ses objectifs initiaux, ouvrant la voie à une autre forme de folie, la mondialisation, sacralisation des rapports marchands vers une uniformité déprimante.

C'est cette pathologie « stalinienne » qui sert donc d'assise au film *Une exécution ordinaire*, mon premier long métrage que l'enthousiasme de Jean-Louis Livi m'a poussé à réaliser. Sans cette confiance, je n'aurais certainement pas osé passer derrière la caméra, mettre en scène et diriger des acteurs. Mais il arrive que les choses adviennent naturellement et y résister par une prévention tout aussi naturelle ne sert à rien. Je n'ai jamais particulièrement cru en moi sans jamais vraiment douter non plus, ce qui m'a assuré une sorte de fluidité dans mes entreprises et ma première expérience de réalisateur a débuté dans ce contexte léger.

« Je ne comprends pas l'utilité de votre film. » Cette phrase d'un réalisateur reconnu, disparu depuis, membre du jury d'un festival de cinéma dans lequel mon long métrage concourait, aurait pu me blesser. Elle m'a au contraire conforté dans l'idée que nous avions eu raison de le faire. Au crépuscule de son existence, Georges Lautner n'avait toujours pas tourné le dos à cette idéologie dévoyée, comme si revisiter cet emblème dans les méandres de sa perversité assassine relevait d'un viol de sépulture.

Il était là, devant moi, plus vrai que nature, Staline, dans son costume tabac, tirant inlassablement sur sa pipe qui enfumait la pièce, se rehaussant pour chasser la souffrance de ses artères bouchées par des années de tabagisme. À soixante-treize ans, le guide n'est plus loin de l'échéance. Entartré jusqu'au cerveau, il souffre horriblement des jambes et marche difficilement. Avec l'âge, sa perversité s'est doublée d'une paranoïa qui s'est fixée sur les juifs, les médecins juifs lui apparaissant ligués dans un complot de blouses blanches. Les meilleurs d'entre eux sont morts ou ont été déportés dans des camps. Décimer les élites est un des derniers petits plaisirs qu'il s'accorde en dehors des moments passés dans sa salle de cinéma où il se fait projeter des westerns américains, tard dans la nuit, obligeant son entourage à veiller avec lui. À regarder ses proches, serviles, débauchés, violents, il s'inquiète pour l'avenir car pour lui ce ne sont que des enfants. Cette posture du père, il se l'est fabriquée. Sa prochaine tâche, la dernière peut-être, sera d'en finir non seulement avec les médecins mais avec tout ce peuple qui se prétend élu et auquel la révolution a donné une nationalité. Les juifs sont une internationale qui lui déplaît tellement qu'il a pris le risque de se priver des meilleurs experts médicaux pour se soigner lui-même. Le vieux Géorgien a alors recours à une médecine parallèle, celle des guérisseurs.

J'ai imaginé dans la première partie du livre qu'il a fait recruter une femme, médecin hospitalier, dont il se dit qu'elle a des dons de magnétiseuse. Celui qui a magnétisé tout l'est d'un continent se retrouve seul face à cette femme qui impose les mains sur ses jambes. Il s'ensuit une intimité entre elle et ce vieillard dont le dernier plaisir avant de mourir est de la manipuler et de la terroriser comme si elle était l'incarnation de tout son peuple.

Le premier jour de tournage, il est donc devant moi, lugubre, effrayant, incarné à la perfection par André Dussollier qui s'est fondu dans le personnage. André croit à son rôle et lorsque je le vois apparaître sur le plateau, je mesure encore une fois la magie du cinéma, la force de sa reconstitution. La machine à remonter le temps s'est mise en marche, précise, respectueuse. La première émotion est tellement forte que j'en deviens le spectateur de mon propre film et que j'oublie de diriger André. Du moins, je n'ose pas. Je n'ai jamais dirigé un acteur et celui qui se tient là n'est pas des moindres. Je dois me lancer, imposer ma vision qui n'est pas très loin de ce qu'il fait déjà, et le tournage démarre pour de bon.

Je mesure immédiatement la charge qui est celle du réalisateur, plongé dans une étrange solitude au milieu d'une équipe où chacun ne voit, et c'est normal, que sa partie. Puis l'enthousiasme prend le pas sur les préventions, la réalisation devient elle-même l'exercice d'un pouvoir, parfois absolu. Le réalisateur français est plus maître de son travail que ne le sont les Anglo-Saxons, assujettis à l'autorité du producteur jusque dans leurs décisions artistiques. Le réalisateur n'est plus alors l'auteur, l'artiste au sens où on le conçoit en France, mais le simple exécutant d'un scénario dans le cadre d'un budget. Pour la plupart, les Français qui ont fait l'expérience de tourner outre-Atlantique en sont revenus meurtris, avec l'impression d'avoir été cantonnés au rôle du plus gradé des techniciens, tandis que leur film était considéré comme une marchandise parmi tant d'autres.

Lorsqu'il m'arrive de croiser des élèves ou des étudiants en cinéma, tous me demandent quelle école ou quelle formation j'ai suivie. Aucune. Quelques longs dialogues avec Yves Angelo, le chef opérateur du film, avant de me lancer puis plus rien. La plupart des réalisateurs viennent soit de l'écriture, soit de la technique par la caméra ou le montage. Certains ont suivi les cours de prestigieux établissements, d'autres se sont immergés avant de savoir s'ils savaient nager. Je fais partie de cette seconde espèce. Autant qu'on apprend à écrire en lisant, on apprend le cinéma en regardant des films. Paradoxalement, la direction d'acteur me paraît parfois être plus une question d'oreille que d'œil. Il m'arrive d'écouter la scène les yeux fermés comme je le ferais d'une musique, et si elle est juste, il y a tout à parier qu'elle fonctionne visuellement.

Réaliser demande une capacité à se concentrer dans le bruit, alors que les mouvements des techniciens et de la caméra vous éloignent ostensiblement de l'art, de ce qui vous a conduit là sur ce plateau, où tout le monde court dans tous les sens, en laissant tomber de lourds objets sur le parquet, en s'interpellant, ou en s'engueulant. Le film s'éloigne de vous à chaque changement d'axe pour un nouveau plan. Je prends alors mes distances pour rejoindre la table régie où gaufres et cafés sont distribués à volonté. C'est le moment où l'on peut se retrouver à deviser avec ceux qui sont dans la même vacuité que vous, comme l'ingénieur du son. En l'occurrence, pour *L'Échange des princesses*, Pierre Maertens, un Belge fin connaisseur de la politique française qui commente volontiers les péripéties de la primaire aux élections de la droite qui a lieu pendant le tournage. C'est aussi l'occasion pour un technicien aussi demandé que lui de me faire partager les habitudes, les manies des autres réalisateurs. Plus loin, les acteurs attendent sur des chaises pliantes, des couvertures sur les genoux, engoncés dans leurs costumes. Ils parlent de tout et rien, surtout pas du film et encore moins de la scène. Le jeune roi et le duc de Condé devisent sur les filles, je les rejoins pour blaguer. Nous sommes comme un petit groupe de voyageurs dans l'attente d'un train de vacances. Une fois lancé le fatidique « Coupez, c'est bon on l'a » qui annonce le changement de plan, les acteurs ont généralement deux types de réactions.

Certains s'isolent loin du plateau pour ne pas risquer la déconcentration liée à l'effervescence, d'autres s'installent dans le brouhaha pour y tenir ce genre de conversations sur le ton de la plaisanterie, comme si s'écarter ainsi du sujet leur permettait de revenir, ensuite, plus vite à la concentration.

Brian Cox et Anthony Higgins, sur le tournage de *La Malédiction d'Edgar*, avaient beaucoup à échanger. Après une expérience commune à la Royal Shakespeare Company dans leurs jeunes années, ils ont soudé de profonds sentiments d'amitié avant de se perdre dans les méandres de leurs carrières respectives. Brian, l'Écossais nationaliste, a été emporté à New York par une carrière éblouissante qui l'a conduit à jouer pour Woody Allen, David Fincher, Spike Lee, et bien sûr Brian De Palma pour incarner le premier Hannibal Lecter. Anthony, l'Irlandais aux allures d'Anglais, après des débuts flamboyants qui l'ont conduit à jouer pour Spielberg, a connu une altercation violente avec un réalisateur sur un tournage alors que sa jeune femme était mourante, devenant ainsi quelque temps un proscrit des plateaux. Le tournage de notre film, sur une période très courte et très intense, en consacrant leurs retrouvailles, s'est résumé à une conversation presque ininterrompue entre eux deux, entrecoupée de scènes où l'un et l'autre déployaient un talent impressionnant. Dès que le *Cut!* fatidique intervenait, ils reprenaient leur conversation là où ils l'avaient laissée avant que je donne l'action. Ce qui aurait pu passer pour de la désinvolture était au contraire une façon très efficace d'entretenir leur concentration.

Le choix d'Anthony Higgins dans le rôle de Tolson, le compagnon de Hoover, lui-même directeur adjoint du FBI, m'était apparu d'une telle évidence que j'avais annulé l'audition prévue à Londres et l'avais remplacée par un simple entretien que j'avais poursuivi pendant l'essayage des costumes chez Angels. Désespéré de ne pas trouver d'acteur correspondant à Hoover, je m'en étais ouvert à Anthony qui m'avait immédiatement mentionné Brian Fox.

Comme il s'agissait d'un film pour la télévision, le budget était loin de ceux du cinéma et le recrutement d'un acteur comme Brian me paraissait impensable. Anthony insista pour que le scénario lui parvienne via son agent à New York. Deux semaines plus tard je reçus un texto de Brian Cox me proposant de se parler sur Skype. Je le découvris en pyjama et robe de chambre. Les formules de politesse terminées, il lança sur ce ton définitif qui est souvent le sien : « Marc, vous avez écrit un putain de scénario et je vais le faire. » J'en restais coi un court moment avant de soulever l'argument financier. L'idée que je me faisais de la rémunération à laquelle il pouvait prétendre, du fait de sa notoriété, était proche de la moitié du budget total dont nous disposions pour faire ce film. Brian eut un geste de la main pour me signifier que la question de l'argent ne pourrait pas compromettre cette collaboration entre nous.

Ce film tourné en douze jours en Roumanie fut déterminant pour ma confiance en tant que réalisateur.

Certains acteurs qui accompagnent un film de leur talent se rendent sur le plateau et en repartent seuls, comme ils le feraient pour un travail ordinaire. Brian et Anthony préféraient vivre en tribu comme les Celtes aiment le faire, échangeant beaucoup sur leur temps libre. Leur expérience du cinéma américain leur conférait une attitude très professionnelle. Arrivé de New York cinq jours avant le tournage, Brian s'enferma avec son répétiteur pour apprendre son texte, extrêmement copieux selon ses propres dires. C'est seulement une fois les répliques parfaitement sues, qu'il accepta de parler de la mise en scène que j'avais préparée schématiquement sur un cahier avec mon chef opérateur Gianni Coltellacci, un Italien remarquable de précision et de calme, qui avait commencé à travailler au cadre sur *Mort à Venise* de Visconti. Gianni aimait raconter l'histoire de sa rencontre avec le maître et en particulier l'impair qu'il avait commis en le tutoyant lors de leur premier échange. Visconti l'avait fixé calmement en lui disant, glacial : « Alors comme ça, vous et moi sommes de vieux amis, n'est-ce pas ? »

J'ai déjà expliqué que, selon moi, les meilleurs romans sont inadaptables au cinéma. J'ai l'habitude de plaisanter en ajoutant que pour cette raison, presque tous les miens l'ont été. *Mort à Venise* est sérieusement l'exception à la règle. Le livre et son adaptation participent du même chef-d'œuvre. C'est le film culte de mon adolescence, aussi culte que les autres œuvres de Visconti qui doivent beaucoup aux reconstitutions historiques ambitieuses comme il serait difficile d'en financer aujourd'hui pour un cinéma aussi précieux. L'argent est plus facilement disponible quand il s'agit de caricaturer l'histoire dans des reconstitutions souvent pathétiques comme dans certaines séries. L'autre chef-d'œuvre de Thomas Mann, *La Montagne magique*, a donné lieu à plusieurs tentatives cinématographiques, mais toutes ont échoué à transcrire l'âme du roman que l'image est incapable de capter, tout comme il est difficile de filmer un fantôme.

La Malédiction d'Edgar était ma troisième expérience derrière la caméra. Il s'agissait d'élaborer une reconstitution historique sous la forme d'une fiction documentaire, avec une heure de cinéma ponctuée d'une demi-heure d'images d'archives. Le documentaire fiction est tout autre chose, c'est un mélange d'archives, d'entretiens et de scènes de fiction tournées avec des moyens souvent défaillants qui menacent l'ensemble de tomber dans le grotesque. La fiction documentaire est une vraie fiction ponctuée d'archives qui s'insèrent naturellement dans la narration.

Diriger Brian Cox et Anthony Higgins s'est fait sans tension, dans une complicité étonnante, comme si nous travaillions ensemble depuis déjà de longues années. Si Brian avait parfois ses agacements, en particulier quand le plateau s'agitait entre deux prises, Anthony ne montrait jamais la moindre impatience, y compris lorsque nous tournions en extérieur alors que le thermomètre descendait à moins quinze.

Le froid a été présent sur tous mes tournages. Un froid parfois obsédant, paralysant, ôtant tout plaisir au travail de construction artistique. Tourner dans le froid, c'est un peu comme écrire lorsqu'on souffre de la faim. La création nécessite que le corps se fasse oublier, qu'il se soumette à l'esprit. J'étais d'autant plus sensible à ces basses températures que la seule fois où j'ai vraiment failli mourir, c'était de froid.

La scène s'était passée à l'armée. Nous avions gravi un sommet lourdement chargés et les forces nous manquaient pour construire un igloo. Je me souviens de m'être endormi, épuisé, à même le sol, alors qu'il faisait dans les moins 30 degrés. Au petit matin, la fièvre m'a pris pour ne plus me lâcher, frôlant les 42 degrés au-delà desquels il est judicieux de prévoir ses obsèques. Un de mes camarades, hospitalisé avec moi, a eu les deux oreilles gelées et il a fallu les lui couper. De ce tragique épisode j'ai longtemps gardé une phobie du froid et ses premières manifestations au milieu de l'automne ont longtemps provoqué chez moi des grelottements intempestifs, incontrôlables.

Malgré ce handicap plus psychologique que physique, j'ai expérimenté peu après la chute du Mur les grands froids sibériens en janvier, quand le thermomètre descend sous les moins 50 et que la vie n'est plus qu'adversité comme le savent les habitants de Kemerovo, une ville à l'est de Novosibirsk en Sibérie occidentale. Au froid s'ajoutait alors la lassitude d'une nourriture uniforme, la même du petit déjeuner au souper : de la langue de bœuf avec des pommes de terre. La langue de bœuf correspondait à un arrivage des magasins d'État. Les pommes de terre sortaient de leur cache, enterrées en profondeur au bord des chaussées pour les protéger du gel. La vodka coulait à flots, inépuisable, de piètre qualité, remplacée chez certains par le Spirit, un alcool pur dont les ravages se lisaient sur les visages des hommes. Ils étaient prématurément vieillis par l'ingestion de cette eau de Cologne pour cadres du parti.

La vie ne vaut d'être vécue qu'entre des températures qui diffèrent selon les métabolismes mais qui restent limitées. Raison pour laquelle elle est a priori proscrite dans le reste de l'univers où il fait horriblement froid ou chaud. Son apparition sur terre relève d'un miracle, celui de la modération. Elle est le résultat de l'enchaînement de fines probabilités sur une sphère d'à peine quarante mille kilomètres de circonférence dans une atmosphère qui ne monte pas audelà de quelques milliers de mètres. Un réservoir de vie infime et fragile, à notre échelle.

En l'espace d'un siècle nous sommes parvenus à rendre réelle une autre petite probabilité, celle de notre extinction et celle probable de toute autre forme de vie, par orgueil, avidité, cupidité. Pendant que notre intelligence technologique grandit indéfiniment, notre intelligence morale stagne, embrouillée par notre obsession séculaire de la possession, l'accroissement de celle-ci et toutes les problématiques de pouvoir qui y sont attachées. Au lieu d'étendre notre champ de conscience, nous le réduisons au point de nous rendre étriqués. La spiritualité, une de nos essences, a longtemps été asservie à la nécessité de survivre matériellement. Elle aurait pu se déployer avec l'élévation de notre niveau de vie, mais c'est tout le contraire qui s'est produit, avec le retour de religions où un Dieu, couteau sous la gorge, sert à délivrer le message d'intolérance de son créateur, l'homme, qui n'a d'intérêt pour Lui que dans sa capacité coercitive de domination sur les êtres.

La définition du mot « spiritualité » m'intrigue beaucoup et depuis longtemps. J'y vois une lente lévitation cosmique, artistique, dans le passé comme dans le futur, qui doit immanquablement nous conduire à la place qui est la nôtre, plus près de l'infiniment petit que de l'infiniment grand dans lequel on voudrait nous ramener par une promotion incessante de l'ego et de son cortège de reconnaissances individuelles, de distinctions, de prix, de compétitions… comme s'il suffisait de se distinguer pour exister.

Terrence Malick a fait le choix de la spiritualité, comme Lars von Trier, peut-être involontairement, avec *Melancholia*. La spiritualité et l'art ne font qu'un et dès que l'art sombre dans les questions d'ego, il s'éloigne immanquablement de lui-même pour se réduire à une rivalité entre de minuscules intérêts. La première fois que j'ai vu *The Tree of Life* de Malick, je me suis endormi et j'ai oublié ce film pendant de longs mois alors qu'il était de toutes les célébrations, ceci expliquant cela. Puis un soir, alors que je me trouvais seul, j'ai décidé de le visionner dans l'intimité de cette solitude. J'ai connu une véritable lévitation, mon esprit se laissant porter par une mise en scène qui donne une dimension rare au rapport père-fils.

Les chefs-d'œuvre et les récompenses se croisent fortuitement. Ce fut aussi le cas de *Winter Sleep*, ce film turc qui m'a si personnellement touché que j'en ai été presque dérangé comme si le réalisateur avait par mégarde ouvert la porte de mon intimité.

Un vendredi soir, nous revenions du château de Belœil en voiture avec un Français installé à Bruxelles depuis longtemps, chargé de me convoyer pendant toute la durée du tournage. Il était le premier à qui je parlais le matin et parfois le dernier quand, juste après notre retour, je m'effondrais de sommeil à table. Je découvrais l'étendue de sa culture musicale, en particulier celle des années soixante qui ont accompagné le mouvement de la contre-culture, dernier arrêt avant que la grande libéralisation mondiale n'aspire nos âmes dans son obsession marchande. Ce jour-là, le froid de la campagne wallonne s'était insinué profondément et mes premiers claquements de dents m'avaient fait penser à cette fameuse phobie qui m'accompagnait depuis bientôt une quarantaine d'années. Une fois rentré chez moi, la sensation de froid intérieur est devenue insoutenable. Les tremblements qui me parcouraient étaient tels qu'ils me donnaient l'allure d'un aliéné en proie à des hallucinations. Je suis monté à l'étage de la maison de Saint-Gilles qu'on louait, et dans la chambre, je me suis recroquevillé sous un amas de couvertures, de pulls, de duvets. Mais rien n'y faisait. Alors la fièvre est venue. À sa façon de gravir les échelons du thermomètre sans respecter de palier, j'ai compris que la fameuse phobie du froid n'était pour rien dans cet échauffement brutal, presque volcanique. Une maladie contractée pendant mon enfance africaine se rappelait à moi comme elle l'avait fait à plusieurs reprises, de plus en plus espacées. Je me souviens d'une crise qui m'avait pris subitement alors que je sortais du bureau, me poussant à m'asseoir, grelottant, sur les escaliers du métro où « le flot des emmerdés », pour reprendre l'expression de Beckett, me jetait des regards de crainte, celle de la déchéance d'un jeune cadre en costume.

Cette crise de malaria ressemblait aux autres, sans signe avant-coureur, brutale et finalement brève comme toutes celles qui l'avaient précédée. Elle me ramena en Afrique où j'avais contracté la maladie comme mon père. Ses équipées sauvages à motivation scientifique, qu'il faisait seul avec son chauffeur et assistant, duraient parfois plusieurs semaines pendant lesquelles il s'enfonçait au plus profond de la brousse. Comme le personnage joué par Redford dans *Out of Africa*, lui aussi aurait pu ne pas revenir un jour, dévoré par les lions, les crocodiles ou les hippopotames qu'il craignait plus que tout, accompagné dans ce tombeau naturel par le rire des hyènes et tous les charognards qui bouclent le cycle de la vie. Nous avions vu ensemble ce film lors de sa sortie et j'avais lu dans son regard toute la nostalgie qu'il avait de ces grands espaces. L'obstination qu'il mettait à répéter qu'ils ne lui manquaient pas prouvait le contraire, même si les travaux qu'il menait dans son centre de recherche nucléaire le passionnaient.

Sydney Pollack est un cinéaste que j'admire profondément. Je partage avec lui le goût des grandes étendues sauvages qu'il a magnifiées dans *Out of Africa* mais aussi *Jeremiah Johnson*, l'histoire d'un pionnier du Colorado, une nouvelle fois incarné par Robert Redford qui tient aussi le rôle principal des *Trois Jours du Condor*. Ce dernier film et *Les Hommes du président* de Alan Pakula sont les deux premières grandes réalisations sur le monde invisible qui ont forgé mon goût pour ce sujet, socle de mon imaginaire. J'ai échangé bien des fois à propos de *Out of Africa*, avec des femmes en particulier, pour lesquelles une scène mythique est restée gravée dans leur mémoire comme un moment unique d'amour et de sensualité. Robert Redford, debout, se trouve derrière Meryl Streep dont il savonne les cheveux lentement, dans un campement de fortune au cœur de la savane, à l'heure où la vie sauvage profite de la nuit pour sortir incognito, couverte par le vacarme des insectes.

Péruweltz se niche près de la frontière française. Rigoureuse, froide. Je suis malgré tout parvenu à m'attacher à cette petite ville discrète, témoignage d'un autre temps, où le Nord industrieux tirait le reste de l'Europe vers la richesse. Elle fut notre étape pendant le tournage à Belœil, le château du prince de Ligne. Vers cinq heures du matin, en automne, la nuit s'incrustait et je partais courir une demi-heure sous les lampadaires qui projetaient une drôle d'architecture, parfois presque menaçante. Du jardin public, je m'aventurais dans un petit bois sombre où je percevais à peine les allées que je suivais, guidé par l'odeur des feuilles fraîchement tombées le long du chemin. Je souffre depuis toujours d'un rapport flou à l'espace qui a littéralement anéanti mon sens de l'orientation. Avec les années je me suis habitué à me perdre et je prends même un plaisir singulier quand, partant courir, j'imagine que je vais retrouver difficilement le chemin du retour. Cette tendance à la désorientation est même accompagnée de fausses certitudes : je suis souvent persuadé, à tort, de reconnaître des lieux où je serais passé à l'aller. Courir à jeun, tôt, dans le froid d'une bourgade déserte me régénérait. Je m'appliquais à profiter de ce moment de solitude sans penser au film, je tentais de m'en abstraire, me laissant rêver dans ces rues dont certaines semblaient sortir du décor de *M le Maudit*.

La route qui nous ramenait du tournage à Péruweltz le soir sur une vingtaine de kilomètres longeait d'immenses champs plats et noirs. Cette agriculture désespérante ceinturait le château à perte de vue, me renvoyant l'image de sols épuisés comme peut l'être notre civilisation qui s'obstine à ne plus penser, obsédée par ces dogmes productivistes inféodés aux lois du marché, impératives, comme si elles étaient tombées des cieux pour répondre à notre nature profonde, celle de petits rongeurs obstinés à amasser indéfiniment.

Depuis la chute du Mur, les États-Unis se sont engouffrés dans cette croisade du matérialisme absolu, accompagnés par leur Dieu sur mesure qui seul les autorise à mentir sous serment. Et nous Européens, dont la civilisation ancienne aurait dû nous protéger de ces excès, sommes devenus, sans véritable contestation, les petits marquis de cette mondialisation.

Parfois, un seul homme peut focaliser toute une rancœur. Je pense à cet agriculteur américain d'une cinquantaine d'années dont les déjections de son modèle d'agriculture déversées dans le Mississippi ont conduit à la disparition de l'oxygène dans les eaux côtières du golfe du Mexique, et qui, devant les caméras de télévision, se vantait selon ses propres termes de n'en avoir « rien à foutre ».

J'ai un souvenir précis d'une scène totalement cinématographique. Une plage magnifique, déserte, dans l'État de l'Oregon. Elle descendait en forte pente vers le Pacifique, rapidement profond sur cette partie de la côte. Non loin de moi, un prêtre lisait la Bible d'une attention distraite. Soudain, une masse sombre s'est élevée dans mon champ de vision, comme un énorme rocher arrondi, poli par l'érosion. Un jet d'eau en est sorti, assez vigoureusement pour me faire réaliser que cette masse était celle d'une baleine. Elle s'immergeait puis remontait en offrant son dos au spectateur. Derrière moi, une famille qui arrivait sur la plage s'est arrêtée pour contempler la baleine alors que je les observais discrètement. Trois enfants portaient leur mère impotente au stade ultime de l'obésité dans une brouette et elle était si lourde qu'ils devaient s'arrêter tous les dix mètres, le souffle court. Je lisais dans leurs yeux leur détresse à l'idée de devoir la remonter mais ils accomplissaient leur devoir, eux-mêmes encombrés par leur excès de poids. Cette famille me fait encore penser à celle qui met en scène Leonardo DiCaprio et Johnny Depp dans *Gilbert Grape*, le film de Lasse Hallström. DiCaprio, dans un de ses tout premiers rôles qui montre la puissance de son talent, y joue un enfant handicapé protégé par son frère aîné, un garçon d'une vingtaine d'années projeté chef de famille par la disparition de son père et par l'obésité de sa mère, impotente et obsessionnelle, dont chaque déplacement dans la modeste maison de famille déclenche un véritable tremblement de terre. Cette tragédie américaine se jouait dans une de ces petites villes au milieu de nulle part, où chacun vit seul, pauvre et sur-armé dans de plates étendues vertigineuses.

J'en ai vu des dizaines du même genre lors de mes voyages sur ce continent qui a inspiré une bonne partie de mon travail littéraire. Sans doute y ai-je des liens. Dans un coffre chinois du salon de mes parents, se trouvait une médaille du courage de la ville de New York. Celle remise à mon grand-père paternel pendant la dernière guerre. Ce jour-là, le bateau de transport de troupe dans lequel il opérait comme quartier-maître éperonne une abeille du port de New York. Son équipage précipité dans les eaux froides se débat contre la noyade. Mon grand-père se jette du pont de son navire. Puis il remonte, un par un, une dizaine de marins. Pendant toute la guerre ensuite, il assure la liaison entre New York et les côtes britanniques et marocaines pour y acheminer des troupes de soldats combattants. Son bateau passe au milieu des mailles du filet de sous-marins assassins tendu par l'Allemagne dans l'Atlantique Nord.

Mon grand-père avait une sœur jumelle. Ardente catholique, elle ne manquait pas un office et vivait, sans toutefois l'être, dans la sobriété des femmes consacrées. Mon grand-père, au contraire, vivait comme un marin, usant d'une seule allumette pour la trentaine de cigarettes qu'il fumait dans la journée, l'une servant à allumer la suivante, et buvant du matin au soir. Il commençait à l'heure du petit déjeuner par les alcools de fruit les plus forts, la bière et le vin ponctuant le reste de la journée. Je ne l'ai vu pleurer qu'une seule fois, lui qui par ailleurs pouvait être si méchant. C'était à l'enterrement de son fils, mon père, auquel il a survécu cinq ans. Il s'en est allé la même semaine que sa sœur jumelle, à quatre-vingt-neuf ans, comme s'il avait été écrit que ces deux-là devaient naître et mourir ensemble.

Mon père se rend souvent aux États-Unis à l'époque où les voyageurs qui traversent régulièrement l'Atlantique sont peu nombreux. La France de De Gaulle est prudente. Et chacun sait qu'il existe deux façons d'être prudent, la première, en faisant les choses prudemment, la seconde, en ne faisant rien du tout. Entre résistants de la dernière heure et collaborateurs de la première, les élites françaises se consolident dans le non-dit, rendant l'Hexagone difficilement respirable pour les jeunes qui n'ont pour eux que leur seul mérite. Au contraire, l'Amérique pavoise dans le dynamisme et l'esthétique des années soixante, dopées par son consumérisme effréné qui suit les privations de ses années de guerre. On produit beaucoup avec des matières premières peu chères en provenance pour leur plus grande part de colonies européennes qui envisagent leur indépendance, mais on sait déjà que la corruption des nouveaux dirigeants nés de l'émancipation permettra de maintenir ces matières premières à un coût favorable à l'Occident, les masses exotiques dussent-elles être maintenues dans une immonde précarité.

Mon père compte parmi les rares individus qui ont les capacités et se donnent le mal de comprendre la logique économique dans son ensemble, d'autant plus que comme coopérant scientifique dans d'anciennes colonies, il a pu mesurer les enjeux de cette appropriation qui n'en finira jamais. L'Amérique le fascine tout autant que son leader charismatique, John F. Kennedy, dont la présence au sommet de l'État de la première puissance mondiale résonne comme une provocation à l'encontre de tous ces vieux dirigeants européens, dont l'étroitesse de vues, quand il ne s'agit pas de sénilité, nous a conduits à deux reprises dans des affres morbides.

L'Amérique des années soixante invente une esthétique féminine aussi bien que masculine resplendissante, une musique qui est autant celle de Lalo Schifrin que celle des Platters dont le « Only You » résonne dans ma mémoire comme la mélodie des années heureuses, celles de la modernité éclatante d'une nation qui ne s'embarrasse pas d'idéologie quand la vieille Europe ressasse les siennes. Comment ne pas se laisser griser par ce vent dominant de la libre entreprise qui dans toutes ces années fait écho au mot de liberté ? Cette Amérique radieuse nous a libérés.

Mon père, ma mère, parlent l'anglais couramment et nous sommes ouvertement américanophiles. À chaque voyage, mon père me rapporte des cadeaux qui, à eux seuls, montrent l'avance de ce continent où l'on aurait pu tout aussi bien vivre qu'en France si les circonstances avaient été différentes, si mon grand-père s'y était installé lui-même, si… Au lieu de ça nous vivons dans une ville française industrieuse et polluée, enfermée entre les montagnes, dont le seul charme est cette perspective d'altitude qui ne se découvre vraiment que les jours de beau temps.

L'avènement de la contre-culture n'a fait que renforcer mon intérêt pour les États-Unis où émerge une jeunesse qui ne se révolte pas pour des raisons idéologiques comme en France mais parce qu'elle n'en peut simplement plus de cette guerre du Vietnam où le tourniquet de la conscription l'envoie mourir sans motif très clair, comme si le résultat de la guerre froide se jouait dans ces rizières. La théorie des dominos règne en maître sur la politique américaine, la perte du Vietnam serait l'aube d'un immense recul géopolitique. La stratégie minutieusement élaborée à Washington par des intellectuels pragmatiques et froids, la jeunesse n'en a cure. La vie qu'on leur propose au retour du bourbier indochinois quand ils en réchappent, les jeunes n'en veulent pas. L'Amérique est au bord de la guerre civile, fractionnée entre jeunes et vieux, entre Blancs et Noirs, entre immensément riches et incroyablement pauvres. Cette génération a l'intuition que le système économique dans lequel elle grandit est une impasse pour l'humanité, aujourd'hui, demain, après-demain. Pour maintenir coûte que coûte ses intérêts, l'Amérique s'est autorisée par une loi spéciale à intervenir militairement dans n'importe quel pays qui menace son « standard de vie ». Sous couvert de lutte contre le communisme, elle ruine les peuples d'Amérique du

Sud pour qu'y règnent sans partage United Fruits et d'autres multinationales qui décident seules du régime politique en place dans chacun des pays où elles sont installées. Cette politique conduit aux coups d'État fascistes fomentés par la CIA en Argentine et au Chili. Les opposants sont torturés, jetés à la mer depuis des avions militaires, mais l'Amérique continue à travailler son image de bienfaitrice de l'humanité à laquelle sa jeunesse et la nôtre commencent à ne plus croire.

La bienveillance de mon père pour ce mouvement de contestation fut tardive et pourtant dès l'assassinat du premier frère Kennedy, il était loisible d'observer le décalage vertigineux entre l'image que les États-Unis donnaient d'eux et la réalité de ce qu'ils étaient devenus, un pays conspirant violemment contre toute forme d'émancipation à un modèle qu'ils voulaient impérialement dominant. Ils y parviennent avec la chute du Mur. Mais mieux encore avec l'avènement de leur hégémonie numérique héritée de leur hégémonie militaire.

La contre-culture a ouvert une ère de contestation aussi merveilleuse qu'utopique, une période marquée par son pacifisme cette fois, alors qu'en général la guerre, la conquête, est le critère de la différenciation des époques. Je n'ai jamais connu avant ni après une telle ère de rébellion et de créativité. À douze ans, Woodstock est entré dans ma légende et celle des copains de lycée. À cet âge déjà, on sèche les cours pour aller voir et revoir au cinéma le concert le plus phénoménal de notre histoire. L'Amérique n'est plus celle des films de guerre, des westerns où le pire de l'homme se dispute prairies et déserts, c'est désormais celle d'un mouvement où la jeunesse prétend réinvestir les fondamentaux du christianisme dévoyés par ceux qui, pour faire taire Dieu, l'invoquent d'une façon parfois obscène quand le christianisme laïque échoue lamentablement à l'Est sous l'effet de dictateurs aux obscures pathologies. Une troisième voie est-elle sur le point de s'ouvrir ? Le mouvement de la contre-culture tend à retrouver le message originel du Christ, d'amour, de fraternité, de partage, tout en dépouillant le dogme qui l'entoure depuis des siècles de sa ferveur conservatrice et réactionnaire. C'est le Jésus des origines qu'ils veulent redécouvrir, pas le père Fouettard des Églises qui accompagne les pouvoirs en place, et ils le font dans une alliance avec le meilleur de Bouddha. La spiritualité réinvestit subitement la religion, même naïvement, même maladroitement. Développer son champ de conscience, atteindre de nouveaux territoires intérieurs, c'est toute une génération qui s'y emploie avec l'aide de stupéfiants, de LSD en particulier dont la CIA inonde le marché à San Francisco, comblée de voir ces jeunes se rendre inoffensifs par leurs excès.

Ce mouvement s'est effondré sur lui-même, vermoulu. Mon meilleur copain de l'époque est mort d'une overdose. Je lui dois une grande partie de ma culture musicale moderne. Il m'a initié à la fusion, celle du rock et du jazz, et c'est de lui que j'ai entrepris de jouer de la batterie, que je pratique encore quotidiennement quarante-cinq ans après, comme une discipline, un rituel qui rythme mes journées, poussé par mon hyperactivité, par une peur de l'ennui qui n'a pourtant plus de réalité aujourd'hui, me rendant semblable à l'homme qui ressent une démangeaison dans son bras amputé depuis longtemps. Une sorte d'ennui fantôme.

« Il arrive que l'ennui permette de concevoir de grandes choses », dit la Ventadour à Louise-Élisabeth dans le film. On devait s'ennuyer à mourir dans ces cours d'Europe, autant qu'à certains moments de mon enfance quand je découvrais que plus que l'enfer dont parle Sartre, « les autres » peuvent vous infliger un profond ennui qui se nourrit de l'étroitesse d'esprit, de ce que j'appelais adolescent « la mutilation volontaire du champ de conscience ». Qu'elle intervienne par la routine, par l'intérêt ou par l'idéologie. Au contraire de nombreux jeunes de ma génération post-soixante-huitarde, j'ai fui les idéologies. Elles sont souvent à l'esprit ce que la raideur cadavérique est au corps. L'invasion des salles de sport calquées sur le modèle américain nous a apporté le stretching, cette méthode d'assouplissement du corps mais rien n'est prévu pour l'esprit, alors chacun s'enferme dans sa citadelle, seul et crispé.

Avec Bruno, un copain de classe qui est resté un ami proche jusqu'à aujourd'hui, nous avions décidé, en pleine hystérie trotskyste et maoïste, de créer notre propre formation politique basée sur l'observation des fonctionnements humains à partir de Marx et de Freud, considérant que l'individu était la victime d'un conditionnement social et psychologique tel que sa part de libre arbitre s'en trouvait dramatiquement limitée. Ce mouvement freudo-marxiste pour la libération de l'être humain n'a pas été un grand succès puisque nous n'avons compté qu'une seule adhérente. Encore faut-il ajouter qu'elle était amoureuse de Bruno, amour à sens unique qui nous a permis de la maintenir un temps dans notre champ de gravitation. Bruno, fils de professeur d'éducation physique communiste et résolument stalinien, a passé l'agrégation de philosophie pour enseigner, tout en exerçant comme psychanalyste. Il est aussi guitariste-compositeur dans un groupe de rock. Notre éloignement géographique a fait que nous n'avons jamais joué de musique ensemble mais on y pense sérieusement, comme d'écrire un livre à quatre mains sur « la fabrique des fous », la question de la montée de la folie et du passage à l'acte. Ses dernières années d'enseignement l'ont convaincu d'une multiplication des pathologies psychologiques chez les enfants, qui vivent plus difficilement qu'il n'y paraît les déchirements familiaux, décompositions, recompositions, abandons, disparitions de la figure tutélaire. Il n'a pas été étonné de constater que les terroristes solitaires qui ont sévi ces dernières années partagent pour beaucoup une absence avérée du père. Sa retraite prise, Bruno est parti au Laos enseigner le français et la philosophie, en attendant que nous nous attelions à ce livre en commun qui, je l'espère, un jour, sera un nouveau regard sur la folie et la normalité.

« Si tu arrêtais de t'éparpiller, d'écrire des essais, des chroniques dans des journaux, d'écrire des séries, des films et d'en réaliser certains, cela ferait de toi un bien meilleur écrivain. » Interpellé de la sorte par quelqu'un qui était moins qu'un ami et un peu plus qu'une relation, je n'ai pas su quoi répondre, comme si j'avais été un enfant surpris les doigts dans un pot de confiture. Il était médecin et aurait aimé écrire des pièces de théâtre. Probablement par admiration pour Tchekhov lui-même médecin et dont les pièces de théâtre sont jouées dans le monde entier. Comment répondre à une telle phrase ? Dans cette remarque il y avait clairement l'idée de la spécialisation, très vénérée sous nos latitudes, qui consiste à se cantonner, à ne pas se disperser, à appartenir à un milieu, à ne pas en menacer d'autres et donc à prendre le risque d'anthropophagie qui y est lié. En quoi ma littérature serait plus accomplie, meilleure, si je ne me consacrais qu'à elle ? Comme je le disais, je joue de la batterie tous les jours et je crois pouvoir affirmer sans forfanterie que je reste un batteur médiocre.

Arrêter d'être un batteur médiocre me rendrait-il meilleur écrivain ? Arrêter d'écrire me rendrait-il meilleur réalisateur ? S'était-il seulement posé la question de savoir si je voulais être meilleur « quelque chose » ou simplement répondre à une curiosité, à une perspective d'enchantement, une volonté d'augmenter mon sentiment de liberté plutôt que de me soumettre à des critères infantilisants d'une forme de reconnaissance académique que je ne recherche pas ? J'ai mis en scène Tchekhov. Pas une de ses pièces mais une de ses nouvelles, que ce grand dramaturge avait eu selon moi l'intention de monter au théâtre. Je voulais que ce texte soit dit. Il l'a été magnifiquement par Jean-Pierre Darroussin qui ne méritait pas l'à-peu-près du jeu des actrices qui l'entouraient ni la mise en scène incertaine qui fut la mienne. J'ai arrêté de mettre en scène au théâtre, je ne le referai plus jamais alors que la pièce n'a pas été particulièrement un échec ni un succès d'ailleurs. Mais j'ai réalisé que l'espace théâtral n'était pas le mien, que je n'étais pas doué pour habiter ses perspectives. La force du texte de Tchekhov, un peu lugubre et nostalgique mais tellement intelligent, n'a pas suffi à masquer mon incapacité.

Tout le monde m'avait prévenu et ces avertissements me revenaient sans cesse : « Un film en costumes, avec deux enfants et deux adolescents, c'est tout ce qu'il faut ne pas tenter, il est déjà assez difficile de monter un film aujourd'hui, pourquoi multiplier les écueils ? » La question n'était pas de multiplier les défis mais simplement, comme toujours, de trouver les bonnes personnes.

Louise-Élisabeth est incarnée dans le film par Anamaria Vartolomei, une jeune fille de parents roumains dont il n'est pas exagéré de dire qu'ils sont l'exemple d'une immigration réussie. Anamaria, dont le français n'a pas été la langue maternelle et qui pourtant le parle de la plus belle manière, n'était pas pressentie à l'origine pour ce rôle, pour lequel Lily-Rose Depp avait donné son accord après que nous nous étions rencontrés dans un grand hôtel parisien de la rive droite où elle séjournait pour tourner la publicité d'une marque de parfum. Elle m'a fait l'effet d'une adolescente à l'intelligence aiguisée par la nécessité de se protéger d'un milieu qui a fondu sur elle à cause de la notoriété conjointe de son père et de sa mère. À cette intelligence était alliée une profonde gentillesse, le tout recouvert d'une évidente fragilité, assez flagrante pour que je ne sois pas étonné de sa défection à quelques semaines du tournage. Le fait de perdre cette comédienne m'est apparu moins dramatique que l'imminence du tournage sans un des rôles principaux, d'autant que les auditions que j'avais fait passer à de nombreuses adolescentes avant le recrutement de Lily-Rose n'auguraient rien d'exceptionnel, la plupart des jeunes filles oscillant entre une interprétation hystérique, que je récusais, et une indolence trop moderne. La vacance d'un premier rôle à l'aube d'un tournage est un phénomène assez courant, générateur d'anxiété et de tension à l'idée que l'on ne puisse pas tourner aux dates ou ne pas tourner du tout. Le pire n'est jamais certain mais il ne faut jamais l'exclure. En reprenant les différents essais que j'avais fait passer, j'ai été conforté dans ma conviction que le personnage de Louise-Élisabeth ne pouvait pas être incarné par une de ces jeunes filles sauf à renoncer à l'ambition du film.

Faire passer des essais à des acteurs expérimentés n'a pas de sens, il suffit de regarder les films où ils ont joué pour savoir s'ils vont correspondre au rôle, s'ils en ont les capacités. S'agissant d'Anamaria, un de ses précédents films donnait déjà une sérieuse indication sur son aptitude à incarner cette jeune fille rebelle, sans que son jeu verse dans une hystérie qui, ajoutée à la folie de Philippe V interprété par Lambert, nous aurait conduits dans une sorte de *Vol au-dessus d'un nid de coucou* royal, même si ce film est au panthéon de ma culture cinématographique. Anamaria a finalement passé des essais à Paris avant de me rejoindre en Bretagne où je séjournais quelques jours avant de partir à Bruxelles pour plusieurs mois. Certains visages recèlent étonnamment une inaptitude à la photographie, comme si les traits et les ombres s'alliaient pour en vider la beauté qui, une fois représentée, se dissocie discrètement de son sujet. C'est tout le contraire qui opéra pour Anamaria dont le visage, d'où qu'on le saisisse, se révèle et s'impose sans excès. Sa forte personnalité et son intelligence ont contribué à sa compréhension immédiate du personnage.

Louise-Élisabeth délaissée par le Régent, son père, qui ne se privait pas de coucher avec une autre de ses filles, comme on l'a dit, savait à peine écrire. Inculte, elle était l'une de ces nombreuses princesses de sang qui formaient le réservoir de filles destinées à la reproduction d'une caste vouée à l'effondrement. Le mariage et la reproduction sont alors essentiellement politiques et se présentent comme des figures imposées qui échappent à toute forme de consentement, ce qui explique la relative tolérance que s'accorde cette société avec l'adultère et la tromperie qui sont, avec la chasse, un des passe-temps favori des princes mariés. Il arrive que les princesses s'y adonnent mais leur espace de liberté est moindre et il leur faut ruser bien plus que les hommes.

Une fois en Espagne, Louise-Élisabeth est initiée à l'amour entre femmes, plus accessible et curieusement moins compromettant, les risques d'engrossement étant nuls. « La manie de l'engrossement qu'ont les hommes », dont parle son initiatrice, est une menace constante sous laquelle vivent les femmes dénuées de moyens de contraception, et s'il leur arrivait de tomber enceinte, elles devraient seules en assumer la honte sauf à recourir aux « faiseuses d'anges », ces sorcières qui pratiquent l'avortement clandestin. Sans parler de ces enfants qu'on abandonne à des religieuses ou sur les marches d'une église fournissant une lourde lignée de « Dieudonné ». L'homosexualité était probablement aussi favorisée par la ségrégation sexuelle qui sévissait dans les grandes cours d'Europe pour éviter justement les aventures adultérines et leurs conséquences désastreuses sur la réputation. Refusant sa condition de « viande à marier», Louise-Élisabeth se laisse aller aux relations saphiques qui entretiennent chez elle un plaisir rare dans cette cour de bigots, où la présence de Dieu et des agents de sa coercition est bien plus forte qu'à la cour de France. Dans l'Espagne d'alors, comme on l'a rappelé, on pratique encore l'Inquisition. Le départ des musulmans, après la Reconquista, a permis de se débarrasser des juifs qui les ont suivis au Maroc ou ailleurs, mais il en reste encore, et les brûler a ses avantages, d'autant plus palpables quand la couronne ou ses bons sujets catholiques ont contracté des dettes financières considérables à leur endroit. Louise-Élisabeth est forcée d'assister à cette mission du Saint-Office.

Dans une première version du scénario, j'avais écrit cette scène où on la voyait confrontée au spectacle de la torture et des flammes. Souvent le cinéma réussit quand il exprime des sens qui lui sont interdits comme le goût et l'odorat. L'odeur de la chair brûlée, celle de ces femmes qui avaient refusé d'abjurer, devait transpercer l'écran. Mais, comme souvent, la scène m'est apparue trop narrative, et trop coûteuse. Sans doute avais-je été motivé dans mon intention par l'actualité de ces crimes au nom d'un Dieu, créature, esclave des hommes. Alors que tuer est un tabou aussi ancien que celui de manger du porc dans le premier monothéisme, de nombreux fanatiques s'appuient sur la religion pour assassiner en masse. Dès qu'on renonce à chercher Dieu, pour peu qu'on en ait l'envie, on sombre souvent dans une forme d'appropriation honteuse, rassurante de la religion, qui participe de cette fameuse réduction du champ de conscience.

Lorsqu'on est élevé à l'esprit de Montaigne et à la grandeur du doute, croire est souvent renoncer. Raccrocher un film d'époque à des problématiques modernes est un exercice dangereux, auquel on peut très vite se livrer de mauvaise foi dans une forme de racolage tentant aujourd'hui. Quand une période passée rappelle le présent, c'est tout simplement que, contrairement aux apparences, les individus n'ont pas changé.

Louise-Élisabeth est peu encline à sacrifier quoi que ce soit de son existence terrestre en échange d'une prétendue quiétude post mortem et elle se révolte profondément qu'une grande partie de la société de son temps, en particulier de sa caste, accepte les termes de ce troc. En cela, elle est moderne. Elle préfigure les libertins qui clameront un peu plus tard la suprématie de la jouissance immédiate sur les perspectives de l'au-delà, emmenés par le marquis de Sade qui fait le pont avec cette modernité convaincue que toute forme d'existence s'éteint avec le corps.

Louise-Élisabeth est le personnage du film avec lequel j'ai pris le plus de liberté par rapport au livre et j'imagine aussi par rapport à l'Histoire. Chantal me l'a décrite comme une jeune femme beaucoup moins jolie qu'Anamaria qui l'incarne. Je n'ai pas voulu d'une belle actrice pour le rôle. Il s'est simplement trouvé que l'actrice que j'ai recrutée l'est. Le personnage de Louise-Élisabeth s'enferme progressivement à la cour d'Espagne, si ce n'est dans la folie, du moins dans une forme de maniaco-dépression qui la conduit à se goinfrer en permanence de gâteaux et à passer son temps libre à laver des mouchoirs dans une vasque en porcelaine. Tout comme pour l'hystérie, je n'ai pas souhaité caractériser le personnage par un tic obsessionnel compulsif qui aurait fini par l'affaiblir. La dernière trahison est dans l'évolution du personnage. Rebelle, parfois effrontée, elle refuse la saillie puisque c'est de cela qu'il est question. Mais la résistance imprévue de Luis, devenu roi, à ses parents la surprend et la charme, comme s'ils ne pouvaient se rejoindre que dans la contestation commune de l'autorité de Philippe V. Le fait que ce roi fou, malgré son abdication surprenante, continue à influencer son fils, stupéfait d'avoir été placé sur le trône du vivant de son père, est une particularité qui lui donne beaucoup d'attrait comme personnage car en se démettant, il commet un acte de pouvoir encore plus absolu que celui de régner. Dans la réalité, Louise-Élisabeth ne s'est jamais adoucie, elle a persévéré dans son ennui et la névrose qui l'accompagnait, en se détériorant progressivement. Je l'ai fait évoluer d'une façon qui m'apparaît avec le recul plus dramatique que la réalité. Sa résolution d'aimer ce prince qui lui a été imposé est une façon d'abandonner sa révolte.

Louise-Élisabeth est le seul personnage du film à être en contact, furtivement, avec le peuple. Certaines représentations me gênent dans le cinéma français, parce qu'elles sont souvent caricaturales. Il en va ainsi des politiques qui peuvent tomber dans une grandiloquence théâtrale, ou justement du peuple dans les films d'époque qui donne fréquemment une impression de misère factice. Ce dernier phénomène est d'autant plus intéressant que les princes ne voyaient généralement le peuple que depuis leur carrosse lors de leurs déplacements et que, pendant leurs voyages officiels, pour leur tronquer la réalité, on plaçait des figurants préparés pour l'occasion, comme on le fait dans un film. Selon moi, le peuple est tellement absent de leur monde, que le figurer ne présente aucun intérêt, sauf à faire surgir cette petite fille dans un bois au moment où Louise-Élisabeth se soulage lors de son voyage. Je voulais cette apparition symbolique et intrigante. *L'Échange des Princesses* n'est pas un film sur le peuple mais celui-ci est présent précisément par le parti que j'ai pris de son absence. Je l'ai volontairement ignoré à l'image, nié, comme le faisaient les princes de l'époque. Il ne s'agit évidemment pas de mettre en valeur la souffrance des enfants d'une caste, qu'on pourrait relativiser au regard de la souffrance des enfants mal nés. La question n'est pas là, elle est de montrer que cette caste dominante, terrifiante dans son mélange de rigidité et de folie, n'est même pas capable de profiter de sa domination et de ses fastes dont elle a fait une obsession jalouse.

Deux jours avant d'écrire ces lignes, je présentais le film en clôture des Rencontres cinématographiques de Cannes, le festival de cinéma des Cannois. Mon hôtel donnait sur le port. Le matin, en allant courir, j'ai réalisé qu'un mur se dressait entre la mer et moi, celui de yachts hors de prix, amarrés face à la ville dans une vacuité déprimante. Des milliards se sont statufiés en navires inutiles, construits sur mesure à la gloire de leur propriétaire et donc à la gloire de la spoliation. Mon père me disait : « Le confort est une aspiration légitime, alors que la grande richesse s'appuie forcément sur le vol. » Ces princes-là existent toujours dans la péninsule arabe où le sous-sol qu'ils se sont octroyé génère des revenus illimités dont ils ne savent que faire. J'ai utilisé dans un de mes romans l'histoire qu'on m'a racontée de cette princesse saoudienne qui s'est fait construire douze palais dans le monde, douze palais parfaitement identiques, de Ryad à Singapour en passant par Marbella, Los Angeles et Antibes, afin de ne jamais se sentir dépaysée, de ne pas déranger ses habitudes et ses repères, afin qu'elle retrouve chaque pièce, chaque objet, chaque fourchette à sa place. Ces dynasties inconséquentes existent toujours. S'y ajoutent les oligarques qui ont pillé la Russie, ses ressources pétrolières et gazières depuis la chute du Mur et tous ces milliardaires mondialisés dont l'accroissement de la richesse agit sur leur esprit débile, celui d'un enfant qui accumule tellement de jouets dans sa chambre qu'il ne lui reste plus de place pour les utiliser. Elle est là cette avidité criminelle qui pousse notre civilisation au bord de l'abîme, et certains continuent à admirer ces têtes couronnées, sans voir qu'ils portent, à cause d'eux, leur propre couronne d'épines.

Il suffit de regarder les princes pour savoir ce qu'ils ont fait de leur peuple, et c'est donc le principe que j'ai choisi dans le film en occultant sa représentation à l'exception de l'apparition de cette petite fille qui conduit son âne bâté. Cette rencontre improbable dans cette forêt de pins surprend Louise-Élisabeth et curieusement, alors qu'elle n'est pas dans une position favorable, elle la charme. Ce qui se crée l'espace de quelques secondes entre les deux filles est aussitôt interrompu par un des gardes de l'escorte qui ramène brutalement la princesse dans son monde, cette prison dorée dont elle n'est pas autorisée à sortir, pas même dans un songe qui est celui de cet échange de regards. Pour cette petite fille de pauvres, cette entrée imprévue dans un monde présumé merveilleux est aussi empêchée par ce garde zélé qui lui fait signe de s'éloigner d'un geste méprisant de la main. Ces deux univers ne peuvent se rencontrer que lorsque les puissants l'ont prévu et organisé. L'impromptu est exclu. La princesse ne le sait pas mais elle n'est elle-même qu'une esclave au service de la reproduction d'une caste qui n'a rien trouvé de mieux que la naissance pour asseoir sa légitimité. J'ai beaucoup aimé tourner cette scène, dans le froid saisissant de novembre, et j'en garde un souvenir très présent, tout autant que la scène où Louise-Élisabeth se met à manger des gâteaux à l'église sous les regards horrifiés de son mari et de sa belle-famille. Dans le livre, Louise-Élisabeth agit ainsi pendant un concert de musique de chambre, puis elle se lève. Il lui arrive aussi de déambuler nue, suprême désaveu de sa condition. J'ai trouvé plus convaincant de tourner la scène des gâteaux dans une église, ultime provocation devant les bigots de la couronne assemblés. Son comportement va au-delà même du blasphème. On dirait aujourd'hui qu'elle se perche comme le fait un oiseau qui se sent menacé par une station prolongée au sol au milieu de prédateurs.

C'est aussi dans cette église que le jeune Luis est pris d'un malaise annonciateur de sa fin. Le personnage suscite une tendresse immédiate. Entre un père fou et une belle-mère qui le méprise, ce jeune homme, confit d'une timidité qui envahit jusqu'à ses mouvements, se raccroche pour exister à l'amour et au désir de cette jeune princesse venue de France. Sa position à son égard est diamétralement opposée à celle de Louis XV au regard de l'infante Marie-Anne Victoire. Louise-Élisabeth le repousse d'abord parce que c'est un homme et qu'elle le pense dans un premier temps débile. Il lui faudra de longs affrontements avec ses beaux-parents et qu'il leur résiste enfin pour qu'une forme d'estime chasse son mépris. Et quand son estime se transforme en un possible amour, une nouvelle fois la mort fait son œuvre. Philippe V sait que son fils va mourir et la façon qu'il a de lui lier le sort de Louise-Élisabeth est infâme. Devenue subitement inutile, elle est condamnée à périr avec son mari, sauf que, comme Louis XV enfant, elle est sauvée d'avoir été éloignée des médecins.

Kacey Mottet Klein, qui incarne Don Luis, a derrière lui une carrière étonnante pour son âge qui témoigne de ses immenses capacités. Elles ne feront que s'étendre si son extrême sensibilité ne se retourne pas contre lui. Il est sauvage et attachant, proche et distant. On devine chez lui que l'incarnation est impérative, raison pour laquelle il n'arrête pas de travailler.

Philippe V vit sa sexualité à l'image de Sisyphe poussant son rocher. Son affection pour sa progéniture est désordonnée, comme l'ensemble de sa personnalité, constamment attaquée par des accès de folie ou de dépression. Son déséquilibre est l'expression même des ravages de la consanguinité. L'obsession du lignage a multiplié les mariages entre cousins et ce sang qu'on veut conserver si pur est finalement souillé d'être insuffisamment mélangé. La monarchie va s'effondrer, victime de ses propres turpitudes qui vont s'ajouter à la transformation des rapports économiques entre la bourgeoisie industrieuse et cette caste qui se révèle telle qu'elle est, un grouillement de parasites affaiblis qui entendent dicter leur loi au reste de l'humanité.

Alors que s'organisent les premières projections du film, chacun s'attache à y déceler ce qu'il contient de liens avec la modernité et la place qu'y tiennent les femmes.

Philippe V justifie leur exécution lors de la mission du Saint-Office parce que « les femmes sont bien plus que les hommes la proie du diable ». L'idée que la femme serait le vecteur du Malin pour corrompre les hommes est contenue dans nombre de discours religieux. La femme est tentation du péché. La faiblesse que l'homme exprime par son désir et son incapacité à le réprimer, elle en est responsable.

C'est Jacques Ellul, ce philosophe anarchiste chrétien, qui disait, me semble-t-il, « être un homme, c'est savoir s'empêcher ». L'homme ne s'empêche pas, il interpelle les femmes, les invective, les suit, les harcèle, les frappe, les viole, les tue. Mais de tout cela, il n'est pas responsable, la provocation vient de la femme, il n'y a qu'à voir comment elles s'habillent. D'où l'idée de les voiler afin qu'elles n'attisent pas le désir. Cette chansonnette qui résonne comme l'hymne international de la phallocratie, on l'entend depuis des siècles et pour des siècles, si on en croit le regain d'intérêt pour le traitement de la femme dans l'islam.

Le sort des princesses dans le film interpelle nombre de journalistes féminines à raison. Andréa Ferréol, à l'approche de l'échéance finale, quitte sa stature de princesse de sang pour confier, sur son lit de mort, à la petite infante son regard réaliste sur la condition de ces femmes importées qui n'ont aux yeux du grand monde qu'une nécessité, offrir leur corps aux alliances, à la reproduction. Adulées lorsqu'elles arrivent dans une nouvelle cour, elles sont vite jalousées, puis moquées quand leurs royaux maris prennent des maîtresses, se pavanent avec elles pour humilier leur femme légitime, dans un énorme pied de nez aux conventions qui les ont placées près d'eux. La Palatine, venue d'Allemagne pour épouser le frère de Louis XIV, n'aura pas eu à se plaindre de ses rivales, l'homosexualité flagrante de son mari l'en aura prémunie, mais il faut composer avec la réalité.

J'ai coupé au montage le dialogue dans lequel Louise-Élisabeth, après avoir demandé à sa grand-mère si elle savait, en l'épousant, que son grand-père préférait les hommes, questionnait sa propre légitimité. Doutant que le frère du roi ait pu être le vrai père du Régent et donc son vrai grand-père, elle ne se considérait plus comme une Orléans, et le mariage auquel on la forçait n'avait plus d'intérêt. Une fois tournée, cette remise en question de la lignée des Orléans m'est apparue trop compliquée pour le spectateur mais je regrette finalement de l'avoir coupée car elle montre l'hypocrisie du système. Le sang comme absolu s'est donc trouvé parfois relativisé, mais qu'importe puisque la fiction du lignage s'est perpétuée au long des siècles.

À l'heure où j'écris ces lignes, la condition des femmes est un sujet qui fait rage, à juste titre. Ma mère fut l'une des premières femmes cadre supérieur au début des années soixante, à la direction financière d'une société dans le domaine de l'ingénierie de l'eau. L'une de ses motivations les plus fortes était sans doute d'éblouir mon père qui ne pouvait aimer une femme que si elle était son égale. Au lieu de l'inhiber, il l'encourageait à s'épanouir dans de lourdes responsabilités qui la conduisaient loin de la maison pour des voyages en France mais aussi à l'étranger, particulièrement au Maroc et en Irak. Elle en revenait avec un sentiment de corruption généralisé tant au Moyen-Orient qu'en France et j'ai le souvenir qu'elle en parlait avec amusement, comme d'un malheur nécessaire et inévitable. Pots-de-vin, enveloppes, valises, rien ne se négociait dans une collectivité publique française de gauche comme de droite ou étrangère sans de sombres arrangements. Mais cette vie trépidante ne se résumait bien entendu pas à ces sinistres à-côtés, et s'imposer comme une femme dans une société d'hommes avec le soutien inconditionnel de son mari nous a semblé être, à mon frère et à moi, son objectif principal dans la vie. Nous en avons payé le prix, l'un et l'autre, par le sentiment d'être négligés parfois, sentiment probablement exagéré. Distante, ma mère l'était d'autant plus qu'elle passait une bonne partie de son temps libre à lire des romans, beaucoup de romans, sur lesquels elle ne portait jamais le moindre jugement. Un livre terminé, elle passait à un autre, sans commentaire. Comme si ce plaisir de la lecture ne pouvait être partagé. Elle lisait systématiquement les prix littéraires et n'en disait pas plus mais aussi beaucoup de livres, y compris des essais, écrits par des femmes. Je ne me souviens pas l'avoir entendue se revendiquer d'un féminisme quelconque. Elle se considérait l'égale de mon père et cette considération était réciproque.

Certaines féministes militantes souffrent souvent d'une attitude contradictoire qui consiste à vilipender les hommes tout en leur ressemblant dans ce qu'ils peuvent avoir de plus péremptoire. Ma mère n'a jamais essayé de ressembler à un homme, elle n'en a jamais adopté ni la tenue ni les faiblesses, elle n'a jamais voulu se fondre dans leur monde comme si elle s'excusait d'exister en propre. L'histoire qui lie les deux sexes est celle de l'oppression avant d'être celle de l'amour et cette oppression persiste, se renforce même dans de nombreux coins du globe, où la lâcheté masculine prend prétexte de la religion pour donner libre cours à un mépris existentiel de l'altérité féminine.

La polémique concernant le cinéaste Roman Polanski m'a troublé. Faut-il s'interdire de célébrer l'œuvre du vieux réalisateur au prétexte qu'il a été accusé du viol d'une jeune fille avec laquelle il a eu un arrangement depuis ? Faut-il de la même manière s'interdire de lire *Le Voyage au bout de la nuit*, ou toute l'œuvre de Hamsun, le prix Nobel norvégien qui sur ses vieux jours trouva des accommodements dérangeants avec le nazisme ? Je comprends toutes les réponses faites à cette question mais je crois que la supériorité d'une œuvre c'est bien qu'elle se détache de son auteur, qu'elle vaque en parfaite autonomie. C'est sans doute parce que j'ai une prédilection pour les drames de l'écrivain anglais Thomas Hardy que *Tess* m'a cueilli, d'autant que le film raconte l'histoire d'une jeune femme soumise au pouvoir d'un homme qu'elle finit par tuer. C'est un film d'époque très réussi. L'homme Polanski a vécu des tragédies, de son enfance juive polonaise au meurtre atroce de sa femme Sharon Tate alors qu'elle portait leur enfant. Cela ne l'exonère en rien de sa responsabilité mais aide à comprendre le pourquoi de cette transgression criminelle, sans toutefois l'excuser.

Qu'est-ce qui peut bien lier le cinéma et l'aviation ? Que j'aie sévi dans les deux domaines n'est pas la réponse. Ils ont en commun la nécessité d'une optimisation sous contrainte. Un avion coûte très cher, il faut le faire voler le plus possible pour l'amortir tout en tenant compte de son taux de remplissage et de la disponibilité des équipages par rapport aux limites de leur temps de travail. Rien n'est plus loin de la poésie. Il en va de même pour un plan de travail de cinéma.

Rien n'est pire pour un réalisateur que la présence à ses côtés d'un directeur de production qui cède à la panique. Pierre Wallon, qui m'a accompagné sur ce film, est tout l'opposé. Tout problème, dès lors qu'il est correctement énoncé, doit produire sa solution dans un délai raisonnable et il s'en charge. Il en va ainsi des grands problèmes comme des petits. La veille d'une scène de tir aux faisans, il vient m'annoncer que la saison de la chasse est ouverte en Belgique depuis deux jours et qu'il est impossible de lâcher un faisan à moins de le rattraper. Il est dix-neuf heures, la nuit est tombée sur une journée de tournage harassante. Je n'ai qu'une idée, rentrer à mon hôtel. Mais le responsable des animaux doit me faire une démonstration de ce qui nous attend le lendemain. Le procédé imaginé pour respecter la réglementation consiste à attacher un fil à la patte du faisan et à le récupérer après l'avoir lâché. Nous voilà Pierre, Gilles, Valérie Houdart, ma première assistante, et moi en rang d'oignons à assister à ce lâcher de faisan qui s'envole avant de piquer dans les douves du château où il se noie aussitôt malgré l'intervention de son propriétaire qui manque à son tour de se noyer en lui portant assistance. Difficile de rester sans rire devant un pareil drame. Après avoir prononcé une courte homélie pour le volatile défunt, je décide d'abandonner le tir aux faisans pour lui substituer un tir aux pigeons. Reste à trouver soixante-dix pigeons pour le lendemain, défi que Pierre relève avec succès.

Le réalisateur passe ses journées à déléguer ses envies, ses volontés, en espérant que, individuellement tout autant que collectivement, celles-ci lui seront restituées fidèlement. Le risque de distorsion est consubstantiel à la réalisation cinématographique, risque qui en littérature se réduit au chemin entre l'esprit et la main qui écrit, dont on apprend qu'il est parfois plus long et plus sinueux qu'on ne le pense.

L'histoire d'un film est celle d'une longue dérive qui ne doit pas vous ramener de là où vous venez mais vous entraîner là où vous souhaitiez arriver, le plus souvent inconsciemment, et même au-delà. Le scénario tel que je l'ai écrit a déjà subi l'épreuve des contraintes financières, puis du découpage et de sa réalité. Viennent ensuite les contraintes du tournage et ses miracles qui sont l'œuvre des acteurs, avant que le montage ne me conduise à une nouvelle écriture. Cette évolution nous appartient autant qu'elle nous échappe, elle sous-tend un suspense jouissif au terme duquel je saurai si le film que j'ai devant les yeux est bien celui que j'espérais. Si pour *L'Échange des princesses* ce n'avait pas été le cas, je n'aurais certainement pas écrit ce livre. Je ne voulais pas laisser ces temps de félicité sans trace, sans témoignage. L'écrivain passe assez de temps à témoigner du malheur pour ne pas célébrer la joie et une forme de plénitude quand elles se présentent d'une façon aussi sincère et aussi peu fabriquée.

Valérie Houdart sait que j'ai pour obsession de ne pas perdre le fil d'une narration compliquée par le tournage. En quelques minutes, elle est devenue mon bras droit, mon bras gauche, et surtout mon filtre avec tous les autres protagonistes sur le plateau.

« J'ai tellement ri de moi dans mon for intérieur qu'il ne me reste plus qu'à en pleurer, mais j'ai trop d'humour pour cela. » Cette capacité d'autodérision, peu de gens en sont pourvus. Le sérieux et la bien-pensance suivent pas à pas l'impérialisme de la révolution numérique, en lissant toute aspérité, pendant que les réseaux sociaux autorisent de rire de tout, surtout des autres et le moins possible de soi-même. L'humour et le doute ont partie liée, ils appartiennent à la même communauté qui fait de l'esprit critique une valeur de progrès collectif et non d'accomplissement forcené de l'individualité. La distance que l'on est capable d'observer avec soi-même est aussi celle que l'on conserve avec les recoins les plus sombres de nos personnalités. On peut rire de presque tout à condition qu'on rie de soi. Valérie fait partie de ce que j'appelle les personnalités distanciées et son rire en est le principal garant, raison pour laquelle j'ai eu tant de plaisir à la côtoyer durant toutes ces semaines.

On a souvent parlé de cet attachement que créent les tournages et des déchirures qui en résultent lorsque soudain tout vous éloigne, comme si cette intimité n'avait été qu'un mirage entretenu par un milieu qui vénère les affections précipitées, « les belles rencontres » avec de « belles personnes », vocabulaire idiomatique normalisé pour exprimer la particularité d'un monde qui serait au-dessus des autres par son humanisme, son souci des autres, surtout quand ils ne vous concurrencent pas sur le long chemin qui vous conduit à être « nommé », reconnu puis notoire pour un jour peut-être défier la mémoire des mortels en s'élevant dans la constellation des inoubliables. Mais s'ils viennent à vous concurrencer, il en va tout autrement, et des instincts que l'on pensait attendris par la culture et ses bienfaits sur l'âme ressuscitent de la plus violente façon, surtout quand il s'agit d'attraper une distinction, de décrocher une timbale, une verroterie.

L'âge qui est le mien est le « crépuscule naissant d'une vie », l'âge où à l'évidence, il reste moins à vivre que le temps qu'on a vécu jusque-là. Pour cette raison, par une drôle de comptabilité, il m'arrive de penser aux expériences qui ont vraiment compté. *L'Échange des princesses* est l'une de celles-là. Je le sais en constatant le nombre de fois où des images du film, du tournage, me traversent l'esprit comme c'est souvent le cas avec les souvenirs de vacances heureuses de son enfance dont des odeurs, une lumière, des scènes ressurgissent au point de laisser croire qu'elles déambulent en parfaite liberté dans notre mémoire.

La musique du film fait beaucoup pour pérenniser cette intimité. Pas une semaine ne passe sans que je l'écoute et qu'elle me replonge dans la sensibilité que j'avais à ce moment. L'histoire de cette musique est dramatique, je la raconterai un peu plus loin. Raphaal Ibanez de Garayo m'avait été présenté bien avant le tournage. Je l'ai retrouvé pour lui montrer un premier montage qui allait lui permettre de travailler. Son enthousiasme pour cette ébauche m'a beaucoup réconforté sur le fait que Monica Coleman, la monteuse, et moi progressions dans la bonne voie. Il est convenu de dire que le montage est une seconde écriture et c'est bien le cas. C'est un peu l'étape de tous les dangers, celle où le film peut vous échapper et sombrer dans un trou noir qui vous empêche de dormir. Au montage, on ne voit pas forcément ce qu'on avait cru voir au tournage. Monica, comme c'est aujourd'hui l'usage, a commencé à monter alors que le tournage était loin d'être terminé. Elle a travaillé sur la base de mes indications, celles transmises par ma script, scrupuleuse présence, témoin des volontés du réalisateur tout au long du film, garante de sa chronologie et de sa cohérence. Chaque prise est notée de 1 à 5 et des commentaires y sont adjoints sur le jeu des acteurs. Ce cadre apparemment contraignant ne suffit pas à exprimer précisément la volonté du réalisateur et c'est d'ailleurs tant mieux pour la monteuse qui, en toute bonne foi, définit seule le champ de ses préférences en fonction de son expérience et de ses goûts. Ramener trois mille prises à un film d'un peu plus d'une heure et demie est une tâche fastidieuse, colossale. L'« ours » est bien nommé. Ce premier montage dans l'ordre de la continuité apparaît comme un animal impressionnant qui défie l'apesanteur de la narration, qui bouscule aussi bien souvenirs que préjugés. Ce qui semblait parfois génial au tournage devient trivial.

Ce premier montage me fait penser aux désillusions de l'enfance quand on découvre le monde des adultes, ce monde auquel nous sommes condamnés à vie, sauf à conserver son âme d'enfant, défi que pour ma part, je n'ai pas su relever. Un sentiment déstabilisant m'étreint au visionnage de cet ours, celui que le film que je vais faire ne sera jamais celui que j'avais voulu faire. Je ne me souviens d'ailleurs plus très bien de ce que je voulais faire, raison du vertige qui m'étreint. S'ensuit une période où alternent optimisme forcené, découragement excessif et contrition sincère d'avoir emmené avec moi tous ces gens pour un naufrage annoncé. Pendant quelques jours, ce qui paraissait fin, sensible, beau, épaissit, se galvaude, s'enlaidit. La belle lumière promise, pour des raisons purement techniques, n'est même pas là pour réhausser le film dans mon estime, même si Monica excelle à remonter les prises à l'intérieur des scènes. C'est l'ensemble que je trouve maladroit, un peu grossier et même naïf, parfois engourdi que je suis par cette impression d'avoir fait un film insipide. Longtemps, il oscille entre plusieurs genres, aucun que j'affectionne. Je me promets de ne plus jamais réaliser, mais ce genre de flagellations n'aide pas beaucoup les autres. Monica cherche un film plus concis que je ne le souhaite. Le cinéma est un rapport au temps particulier, il est là pour montrer et il ne faut pas se priver de montrer au prétexte de chercher, à tout prix, une sorte d'efficacité de la narration. Mais avons-nous seulement les images qui correspondent à mes désirs d'allongement ?

Après quelques semaines, le film n'est toujours pas là mais il semble concéder l'espoir d'y être un jour.

Un ventre mou s'est installé, la narration pioche, la densité du propos fuit. Mes associés assistent à plusieurs projections, le sentiment reste le même, le matériel est présent mais dans un ordre distendu, imprécis. La construction, qui fait parfois la force de mes livres, affaiblit mon film, les scènes défilent et ce qui les lie semble parfois brutal, factice. J'en viens à douter du scénario lui-même. Puis arrive le temps des vacances, indispensables, incontournables après un an sans lâcher prise. Et pourtant ce n'est pas le moment, car nous sommes près de la fin de la période allouée au montage. Nous passons quatre jours, quatre jours seulement, en famille, dans un coin reculé du Pays basque chez une femme qui me raconte une histoire qui me réjouit sur la nature humaine. Son voisin agriculteur vient de lui faire un procès au prétexte que la dizaine d'arbustes qu'elle a plantés en bordure de son terrain fait de l'ombre à ses champs de blé qui s'étendent sur une vingtaine d'hectares. C'est dans cette contrée reculée que je cherche à régénérer les cellules qui me font défaut pour atteindre une vision du film qui l'emportera. Les conseils ne manquent pas, surtout les plus mauvais, mais heureusement mes deux associés savent que la solution ne peut venir que de moi, ce que Monica respecte très bien. L'inspiration surgit un de ces soirs de vacances alors que la nuit s'est allongée sur mes enfants et que le silence n'est plus une exception, mais une règle à laquelle de rares oiseaux de nuit dérogent. Je me mets au travail assis dans mon lit. Dans l'obscurité je rebats les cartes, je reprends des scènes préalablement écartées, j'en supprime certaines, j'inverse des ordres de passage, et au final, je me passe intérieurement le film que je voudrais voir si j'en étais le spectateur.

Remonté, le film charme mes associés et le distributeur du film. Ne manque plus que la musique qui fait désormais cruellement défaut au visionnage. J'en parle longuement au téléphone avec Raphael à qui j'ai fait parvenir la dernière version du montage sur laquelle il peut s'appuyer sans risque de sombrer dans le vide. Il est plus jeune que moi d'une dizaine d'années mais nous partageons une évolution similaire, ayant tous deux tourné le dos à la société marchande pour l'art. Je découvre un personnage intéressant, plein de convictions et d'enthousiasme pour ce défi néobaroque qu'est l'écriture de la musique du film. Le lendemain, il se lève, se plaint d'une douleur dans la poitrine et meurt, terrassé par une crise cardiaque. Nous sommes la veille de Noël et j'imagine la souffrance de sa femme et ses jeunes enfants. Je réalise que ce que je connais de lui se limitera à jamais à trois échanges, dont deux furtifs, et à une conversation qui laissait présager d'une relation dense. Sa disparition m'affecte profondément. Je lui ai dédié le film et son souvenir y sera toujours attaché.

Marc Tomasi reprend l'écriture de la musique. Il intervient au moment où un certain découragement a fait place à une authentique satisfaction. Je commence à aimer le film d'une tendresse profonde et il en est conscient. Marc vit à Londres près de Portobello, un quartier que je découvre avec lui entre deux compositions où il s'épuise sans dormir plus d'une heure par nuit, assis sur une chaise devant sa console, ce qui me fait parfois craindre un second drame. Je le pousse à la tempérance mais rien n'y fait, il travaille sans s'arrêter, pour me proposer les versions les plus belles de ses compositions. Son studio, un *basement*, est au sous-sol d'un immeuble classique. C'est là que nous nous retrouvons et que je lui fais mes suggestions sans autre légitimité qu'un goût prononcé pour la musique baroque, Lully, Purcell ou Bach dont les passions et la messe en *si* me rappellent un aphorisme de Cioran, maître du désespoir revigorant dont l'œuvre devrait être étudiée et apprise par cœur en classe. Cioran a beaucoup souffert des mauvais choix de son adolescence quand il s'est engagé à seize ans dans les Chemises noires en soutien à l'idéologie nazie. Son œuvre, contrairement à celle de Céline, n'est que le long suintement poétique de ses regrets. Cioran considérait en substance que Dieu devait plus à Bach que le contraire, question qui a le mérite de pouvoir rester ouverte indéfiniment.

Une musique de film est réussie quand elle devient indissociable de son support, ce qui est le cas de la sarabande de Haendel désormais indissociable du *Barry Lyndon* de Stanley Kubrick. Les princesses ne prétendent pas au sort du chef-d'œuvre de Kubrick mais une chose est certaine pour moi, sa musique correspond à sa nature profonde. La bande-son qui accompagne des images doit-elle chercher à s'en décaler ou au contraire à les souligner au risque du pléonasme propre à de nombreux films commerciaux où la mélodie est investie du rôle d'annoncer les émotions ou de les surligner au cas où le spectateur n'aurait pas compris par lui-même ? Il arrive aussi que la musique soit neutre, et cette neutralité finit souvent par déranger car elle coule comme un robinet d'eau tiède sur les images, sans conviction ni point de vue, divagation mélodique convenue.

Un des plus beaux souvenirs que je garde de l'aventure des princesses prend forme à Air, studio d'enregistrement musical d'anthologie à Londres qui a vu entre autres passer les Beatles. Je me trouve avec Marc Tomasi derrière la vitre qui nous sépare de la salle où les musiciens du London Symphony Orchestra exécutent ses compositions. Une fois l'enregistrement du premier morceau terminé, chacun des musiciens s'est mis à l'applaudir, de ses mains ou de son archet. Le chef s'est tourné vers Marc, s'est incliné pour lui signifier son respect et son enthousiasme sincère devant sa composition. Marc, d'une façon très touchante, s'est à son tour retourné vers moi pour leur cacher ses larmes. Il a mis beaucoup de lui-même dans cette musique qui s'est avérée représenter aussi beaucoup de moi-même.

De tous les arts, la musique est le seul qui me submerge. Je lui ai souvent reproché de s'installer trop profondément en moi. Il m'est impossible de l'accepter, que ce soit en bruit de fond chez moi ou dans un restaurant, dans une surface commerciale, dans des couloirs d'une gare où la civilisation marchande triomphante se plaît à la rabaisser. Au début j'écrivais en musique – le *Requiem* de Fauré pour *La Chambre des officiers*, Monterverdi pour *L'Insomnie des étoiles*. La musique m'aidait à me remettre dans le livre après chaque interruption puis, progressivement, j'ai réalisé qu'elle prenait le pas sur mon écriture, parce que l'œuvre que j'écoutais était tout simplement supérieure en intensité, en émotion, à ce que j'étais capable d'écrire. Dès lors j'ai décidé d'écrire dans le silence et puis j'ai réalisé qu'un silence de qualité pouvait aussi par son intensité prendre le pas sur mon écriture. Depuis j'écris au milieu des bruits du quotidien et je n'ai aucune difficulté à m'imposer, aussi paradoxal que cela puisse paraître.

Écrire un petit livre de souvenirs sans profonde nostalgie, ce serait se mentir à soi-même. Cette nostalgie, je ne l'ai pas ressentie tout de suite, trop épuisé par le tournage, mais elle s'est épanouie progressivement, comme si je ne devais rien oublier de ce temps, celui d'un projet, d'un film parmi les centaines qui sortent chaque année.

Un jour, le plus grand de mes fils a dit dans un dîner : « Mon père, on peut l'aimer, mais on ne peut pas le connaître. » Je crois que c'était un dîner d'anniversaire, le mien. J'ai vu les regards se tourner vers moi. J'ai souri évasivement. Je serais déjà heureux de me connaître moi-même. Notre société favorise l'apprentissage de toutes les connaissances sauf celle de soi. *L'Échange des princesses* m'a permis de progresser dans celle-ci. Les raisons qui m'ont conduit à faire ce film tiré d'un livre qui n'est pas le mien m'en disent plus sur moi que je n'aurais pu en apprendre chez un psychanalyste. Ma femme m'a convaincu d'adapter *L'Échange des princesses* alors que je ne discernais encore rien qui puisse attacher plusieurs années de mon existence à ce projet, c'est le signe qu'elle me connaissait mieux que je ne me connais moi-même.

Une fois le film fini, je l'ai montré à une poignée de personnes dont le jugement m'importe particulièrement. C'est un exercice risqué qui peut conduire à perdre confiance dans son travail. Je me souviens d'un jour de pluie où il tombait des hallebardes. Jérôme et Anne-Marie, son épouse, la fille de Gérard Philipe dont les incarnations ont ébloui mon enfance, sont venus chacun de leur côté. Nous avons visionné le film tous les trois dans la salle d'étalonnage. Lorsque nous sommes sortis de la pièce, un peu sonnés par ce voyage dans le temps, j'ai vu dans leur regard ce que leur parole n'a fait que confirmer ensuite et j'ai été pris d'un grand soulagement. Quel que soit le jugement du public à venir, je ne serais désormais pas complètement seul.

Comme la littérature, le cinéma crée aussi une intimité avec des gens que l'on ne connaît pas. Cet élargissement soudain lié à la création artistique est une récompense qu'aucune distinction ne pourra jamais remplacer.

L'échec renvoie l'artiste à une terrible solitude. Raison pour laquelle j'ai été soulagé par la considération que le film a soulevée auprès des critiques et du public. J'ai trouvé sa réussite réconfortante, moins pour mon ego que pour l'avenir du genre, celui du film d'époque « indépendant ». Sa nomination aux César comme meilleur film étranger nous a fait sourire Chantal et moi, Chantal me lançant malicieusement à l'oreille : « Il est vrai qu'on est un peu étrangers, partout, tous les deux. »

Tout en écrivant ces lignes, je me suis attelé à l'écriture de mon prochain scénario, une nouvelle fois adapté d'un de mes livres, *Ils vont tuer Robert Kennedy*, un film sur un sujet contemporain, que je vais, j'espère, tourner en anglais l'année prochaine dans cette belle province canadienne de Colombie-Britannique, un endroit où je me verrais bien vivre mes vieux jours si cette contrée n'était pas si loin de ma tribu. Ensuite j'aimerais revenir à l'histoire de France, avec deux époques de prédilection, les guerres de Religion, quand la Seine coulait rouge du sang de la Réforme, et la période napoléonienne où tant de projets se sont fracassés, emportés par des ambitions de reconstitution excessives. L'écueil du film d'époque c'est souvent quand les efforts de sa représentation créent une distance avec le spectateur comme si les décors, les costumes, les batailles bloquaient la circulation des âmes.

La révolution numérique a remis au goût du jour les feuilletons qu'on appelle aujourd'hui les séries, ces drames qui se déroulent sur plusieurs épisodes, parfois plusieurs années. Certains voient dans ce mode narratif qui permet de déployer des personnages et des intrigues dans la durée une menace pour le cinéma, trop étriqué, trop codifié. Alors que la qualité des séries semble s'élever continûment, celle du cinéma s'étiolerait et l'on entend des voix pour prédire l'effondrement du 7e art devant la généralisation du phénomène des séries. Je n'y crois pas, en particulier pour le cinéma d'auteur parce qu'il est justement l'essence de l'expression artistique cinématographique. Tout au long de l'histoire de l'humanité il s'est créé des arts nouveaux mais aucun n'a jamais disparu.

Il m'arrive, quand j'écris, que le cinéma me manque et quand je tourne, j'aspire parfois brièvement à ma solitude d'écrivain. Cette insatisfaction feinte et la conviction que je peux aller plus loin dans chaque mode d'expression sont les mécanismes d'horlogerie d'une pendule qui oscille régulièrement entre littérature et cinéma et j'en sors à heure fixe, comme un coucou radieux.

DANS LA MÊME COLLECTION

Les Attentifs, Marc Mauguin, 2017
Tu seras ma beauté, Gwenaële Robert, 2017
Les Uns, les autres, Collectif, 2018
1 144 livres, Jean Berthier, 2018
Le Roman ivre, Isabelle Stibbe, 2018
Le Dernier Bain, Gwenaële Robert, 2018

La photocomposition de cet ouvrage
a été réalisée par
GRAPHIC HAINAUT
30, rue Pierre Mathieu
59410 Anzin

FSC
www.fsc.org
MIXTE
Papier issu de sources responsables
FSC® C003309

L'Éditeur de cet ouvrage s'engage
pour la préservation de son environnement
et utilise du papier issu de forêts gérées de manière responsable.

Cet ouvrage a été achevé d'imprimer en septembre 2018
sur les presses de Normandie Roto Impression s.a.s.
61250 Lonrai (Orne)
N° d'édition : 57291/01 - N° d'impression : 1802894

Imprimé en France